# SÀTURA

*I naïf*

GIOVANNI ROSSI
ERIKA PISACCO

# DICIASSETTE ANNI DI CLAUSURA

Intime e segrete confessioni
di una clarissa

UNA STORIA VERA

LEONE EDITORE

Giovanni Rossi – Erika Pisacco
Diciassette anni di clausura

ISBN 978-88-6393-402-1



www.leoneeditore.it

La serie *I naïf* è nata apposta per dar voce ad Autori che hanno come elemento distintivo della loro narrativa la spontaneità, l'immediatezza e l'urgenza di comunicare storie che siano allo stesso tempo semplici, straordinarie e meravigliose, com'è in fondo la vita di ognuno di noi. Per questo motivo, al fine di non alterare la particolarità dei testi e dei temi trattati, ci si è mantenuti il più possibile aderenti alle scelte lessicali e sintattiche compiute dagli Autori, al fine di non snaturarne la drammatica spontaneità.

*La redazione*

# Prefazione

Il mare è come la vita. C'è chi lo naviga. Chi nuota perdendosi tra le sue onde, come se non sapesse bene dove andare. C'è chi fa sport e ci si immerge per ore cercando qualcosa, chissà! Forse solo per divertirsi? Per agonismo o soddisfazione personale? Poco importa. L'essenziale è che ogni «marinaio» conosca il suo perché.

C'è poi chi resta sugli scogli a guardare. Guarda il mutare delle onde disegnate dal vento; guarda le altre tipologie di persone che vivono navigando e, ascoltando la musica del mare che risuona in cuore, guarda se stesso.

Guarda con le orecchie. Sì!

Con le orecchie cerca il cuore del mare, il cuore della vita. Il proprio cuore, ora, può entrare in libera risonanza con la musica che sta ascoltando.

Lo troverà davvero?

Lo intenderà bene?

Solo l'ascolto di una vita intera potrà rispondere a queste domande.

Intanto, davanti agli occhi stupiti, una nave da crociera sembra viaggiare in modo fulmineo inghiottita dall'orizzonte.

Quanti sogni, quanti cuori, anche su quella nave e sulle tantissime, piccole e grandi che, per un istante, dividono l'acqua al loro transito.

Poi il profumo, il profumo del mare!

Quante promesse davanti al mare, tra ogni onda, in ogni soffio di vento che accarezza il corpo e spettina i capelli.

Se c'è vita a cui ho donato il cuore è proprio il mare, fin da piccola, anche se lo temo.

Amore da sempre, da quando piccolissima il mio corpo ha imparato ad associare il mare con respiro e benessere. Timore, quando, in una mattina in cui stavo giocando sulla spiaggia, avevo fatto amicizia con un pesciolino e volevo divertirmi con lui. Sono caduta tra le onde e non ricordo nulla fino a qualche ora dopo, quando mia madre, più spaventata di me (ma solo ora lo capisco), faceva il suo ruolo di adulta sgridandomi per l'imprudenza. Ero un po' diversa da quel pesciolino. Me lo ha insegnato il mare. Forse, quando scoprirò il confine tra la paura dell'acqua e quella della sgridata materna, mi passerà il timore di nuotare.

Da allora sono entrata a far parte della tipologia di persone che vivono il mare (e forse anche l'esistenza) dagli scogli, ascoltandolo più che affrontandolo.

Come mi si ripropone questo traccia nella vita?

Faccio tante cose perché sento un forte bisogno di uscire dagli schemi. Ciò che è comune mi dà fastidio. Dopo tanti anni ho capito una cosa importante di me: per meditare e conoscere me stessa ho bisogno del mare!

Lo capisco ora, dopo diciassette anni passati in un monastero cercando di conoscere Dio per conoscere me stessa; forse sarebbe più corretto il percorso opposto?

Magari sono corrette entrambe le vie, dato che noi siamo in Dio e Dio è in noi!

Così, desiderosa di conoscere e stanca dei luoghi comuni, sono entrata in convento quando avevo diciassette anni. Mi sentivo molto più vecchia. Sì, «vecchia» è il termine giusto;

non mi sono mai sentita giovane, ragazza, adolescente, spensierata. Lo schema in cui sono cresciuta e che ho sposato era quello della bambina grande.

Così, monaca di clausura fino all'alba dei trentacinque anni.

Non ho festeggiato i miei diciotto anni. Io, che tengo tanto a celebrare il giorno del compleanno! L'ho vissuto in una giornata di monastico ritiro, durante la quale si doveva fare silenzio assoluto, interrompendolo soltanto per ascoltare la predica di un sacerdote. Per il resto della giornata si stava chiuse nella propria stanza che veniva meglio definita come «cella». Infatti era piccola, molto piccola e arredata solo con un letto e un piccolo comodino.

Ero felice?

Allora mi illudevo di esserlo.

Ero riuscita a fare qualcosa d'improbabile per una ragazzina di diciassette anni. E poi stavo vivendo in modo assolutamente inusuale e originale uno dei momenti più attesi e festeggiati da tutti i giovani. Eppure, il mio cuore ospitava anche sentimenti molto meno positivi. Avevo negato la gioia del mio diciottesimo compleanno ai miei genitori. Neppure avevo potuto sentirli per telefono; sapevo che per loro era un dolore e i miei sentimenti erano contrastanti per questo motivo.

C'era anche un altro cruccio che mi preoccupava. Come mai a nessuna monaca era venuta voglia di farmi una sorpresa? Infrangere il silenzio bussandomi alla porta, magari dandomi un bacio, abbracciandomi o, semplicemente, facendo scorrere un piccolo biglietto sotto la porta, raccogliendo un fiore dal giardino o che so io…

Ma presto avrei scoperto che nel loro cuore tali pensieri erano assenti, perché assolutamente estranei al mondo del monastero.

Non potevo pretendere o chiedere che si adeguassero a me. Doveva essere il contrario! Io ero in «formazione» (secondo il gergo monastico) e loro, per essere fedeli, dovevano fare in modo che il mio mondo sparisse.

Con il senno di poi, capisco bene questa dinamica. Ora so e posso dire che non erano insensibili; erano devote! Non cattive, ma coerenti!

Che poi questo possa risultare giusto o sbagliato... è un altro capitolo!

Nella comunità, le giovani erano pochissime e io, sempre per ragioni anagrafiche, ero la bambina di turno.

Per i primi tempi, poteva (forse) essere una situazione piacevole dato che, in famiglia, non ero mai stata davvero una bambina. Ma con il trascorrere del tempo tutto questo sarebbe diventato imbarazzante.

Fu proprio stando in monastero e vivendo con donne tanto più grandi di me che pervenni alla mia più grande scoperta: ero figlia unica!

Certo, detta così, sembra un'affermazione alquanto bizzarra!

Però le monache anziane, potendo fare poco altro in clausura, sono tutte esperte casalinghe.

Quindi è normale passare le giornate sentendosi dire: «Non si spazza così! Si vede che sei figlia unica!», «Non si lavano i piatti così! Si vede che sei figlia unica!», «Non si stendono i panni così! Si vede che sei figlia unica!», «Certo, come figlia unica non avrai mai fatto nulla in casa, sarebbe stato diverso se avessi avuto dei fratelli da accudire!».

Bene, avevo capito di essere entrata in una sorta di società medievale dove «figlio unico» corrispondeva a «viziato», modo altolocato per dire: incapace.

Quando sottolineavano sarcasticamente che sarei stata migliore se avessi avuto fratelli o sorelle da accudire, secondo i loro schemi, ovviamente, pensavo che potevano anche aver ragione. Per la verità avrei preferito molto di più essere ultimogenita di una schiera di maschi che avrebbero potuto essermi amici e custodi.

Quello che sfugge facilmente alla maggior parte delle persone, specialmente a quelli che giudicano i figli unici, è la solitudine che può apportare la gloria dell'unicità.

Così, da figlia unica, ho proseguito la mia avventura monastica...

Una volta sono rimasta molto colpita dalle parole di un sacerdote che sottolineava quanto fosse inutile domandare a un monaco la motivazione della sua entrata in monastero; secondo lui l'inizio era poco importante, relativo il «perché» si entra, molto più determinante il «perché» si resta...

Aveva ragione, in un certo senso...!

In effetti, quando si entra l'entusiasmo dell'ignoto, dell'inusuale, della scoperta, del praticare uno sport estremo come un altro, ha il potere di coprire molte altre evidenze... non soltanto per quanto riguarda l'ambiente esterno; è una sorta di narcotico naturale, ma poi l'incantesimo perde il suo potere e ti ritrovi, sempre figlia unica, in una cella monastica a diventare sempre più pericolosamente unica, perché giovane, pensante, troppo parlante e troppo poco bambina rispetto al modo in cui loro ti vorrebbero...

La vita comincia a colorarsi del monotono grigiore di frasi e slogan a cui non puoi più credere, perché non ci hai creduto mai; quelle belle frasi di chi apprezza tanto la vita monastica solo perché non la vive, non la prova nel quotidiano logorio del sempre uguale, sempre i soliti discorsi, sempre le solite inutili cose. Ci sono poi delle monache che apprezzano tanto la gioventù perché rivedono se stesse e, facendo questo, ripercorrono tutte le loro tappe... trascurando un piccolo dettaglio: la gioventù di oggi è tanto diversa e così poco malleabile da quella di «una volta». Quindi, se da una parte la gioventù piace in ambito monastico perché fa numero (particolare importante dato che il monastero, per essere tale, prevede un numero consistente di presenze), dall'altra spaventa per come rovinerà la vita monastica. Così l'unicità della giovane figlia entrata in clausura aumentava vertiginosamente facendola apparire in tutta la sua realtà come persona sbagliata. Allora bisognerà levigarla, proprio come il mare fa con gli scogli... ma la giovane sarà così disposta alle loro ondate?

Avevo pensato di poter impartire una lezione a qualcuno, con la mia scelta eroica, e invece stavo solo facendo del male a me stessa. Avevo pensato di salvare il mondo ed ero proprio io la prima che si stava perdendo... ma non potevo accettare tutto questo. Ammettere di aver sbagliato, tornare indietro. Ai miei occhi era clausura peggiore la prospettiva di una vita «normale», come tutti. S'innescava così un'interessante e personalissima battaglia psicologica per cui tanto più mi volevano cambiare e correggere, tanto più mi fortificavo nelle mie convinzioni... almeno apparentemente. Stessa dinamica del compleanno: non cattiveria ma coerenza!

Lo scontro più grosso?

Con la parola *Amore*!

Concetto, realtà fondamentale, gettonata, squalificata, travisata, abusata tanto a livello sociale come spirituale. Francamente sento di avere un conto in sospeso con l'apostolo Paolo quando scrive che l'amore non fa nessun male al prossimo perché pieno compimento della Legge.

Se prendiamo questa frase come assioma, dovremmo intendere che tutto quanto procura dolore, sofferenza, malessere, non può considerarsi amore. Forse è realmente così e mi spaventa alquanto: mi guardo nella tridimensionalità del tempo e mi vien da urlare: amore, ma dove sei finito?

Oppure dipende dal grado di consapevolezza delle persone concrete che si trovano ad affrontare situazioni altrettanto concrete. Tutto, anche l'amore è continuo divenire, evoluzione senza fine...

Così una domanda insistente comincia ad abitare stabilmente nel cuore della giovane figlia unica che ha appena fatto un'altra grandiosa scoperta: l'abito non fa il monaco e io non sono una giovane monaca. Sono una giovane donna con bisogni e desideri legittimamente consoni alla mia giovinezza, fase della vita che nessun abito monastico potrà nascondere, da cui neppure io stessa potrò nascondermi.

Se da una parte tale consapevolezza è molto liberatoria, dall'altra... bisognerà porsi un interrogativo: come mai quest'abito?

Serve a rivestire o serve a fuggire?

Fuggire da cosa?

Domande su domande; un abisso di domande dove le risposte sembrano come il vento sull'acqua: creano solo nuove domande...

Così ci si rende conto, provandolo in prima persona, che la mancanza di senso provoca malessere; forse è la causa scatenante delle malattie.

Tutto il cammino della vita... la sfida della vita, è proprio il dare senso a ciò che capita quotidianamente, dai piccoli eventi a quelli importanti, dalla gioia al dolore, dalla vita... alla morte.

Ogni forma di religione, ogni scelta di pensiero, nasce dall'unica radice di trovare un senso, una spiegazione plausibile, forse in certo grado confortante, sicuramente funzionale al nostro cuore. Siamo assetati di perché, di motivazioni, dato che la nostra creazione è *senso*.

Questa è stata la chiave per aprire una porta, non dico per rispondere, alle tante domande che abitavano il cuore della giovane figlia unica che, ormai, ben capiva quanto poco poteva vestire ancora un abito di fuga... era giunto il tempo di affrontare la vita...

Yael Shalom
Erika Pisacco

# Prologo

Racconto in questo libro un periodo della mia vita ormai trascorso ma non avulso dal mio presente.

Sono convinta che ogni scelta da me vissuta abbia contribuito alla mia crescita personale e, quindi, valga la pena di essere condivisa.

Mi racconto in questo libro per poter trasmettere l'immagine della Chiesa, come istituzione, in una luce nuova e in una prospettiva di vita e di umanità che, spesso, sfugge tanto agli occhi del popolo quanto a quelli del mondo ecclesiastico.

Narro di me anche per cogliere, fino in fondo, la sfida del crescere, del divenire continuo che, sempre, ci chiede di rimetterci in gioco senza rinnegare nulla di noi stessi, ma celebrando ogni passaggio della nostra crescita.

Sono sempre stata inquieta, mi definirei un'archeologa dell'interiorità.

Con modalità diverse, consone a ogni età e tappa della mia vita, ho scavato cercando un senso per ogni cosa, persona e situazione che ho incontrato.

Ho sempre voluto leggere la realtà con occhiali diversi da quelli indossati dalle persone che mi circondavano; ho sempre voluto distinguermi per questo.

Forse per presunzione? Chissà!

La verità è che dovevo trovare un modo per sopravvivere alla nebbia della città che aveva accolto la mia nascita e così, di tanto in tanto, sognavo...

Vedevo il taxi di mio padre parcheggiato nel giardino di casa. Anzi no, in realtà un giardino, casa nostra, non l'aveva proprio. Ero io che, con la mia fantasia, vedevo le cose più belle di quanto realmente fossero e, quindi, anche una striscia di asfalto poteva diventare uno splendido pezzo di giardino fiorito.

Questo era lo scenario che immaginavo ogni volta che guardavo dalla finestra, un modo come un altro di dimenticare la nebbia che avvolgeva, quotidianamente, la città dove ero nata: Alessandria, provincia del Basso Piemonte, non distante dal mare della Liguria ma troppo lontana per riceverne il positivo influsso del dolce clima. Vicina anche alle metropoli del Nord ma non abbastanza per risentire del forte sviluppo industriale. Insomma, una piccola cittadina avvolta dalla nebbia e dalla quotidianità.

Immaginare l'auto di mio padre parcheggiata lì mi dava un senso di sicurezza, lui c'era e, di conseguenza, potevo godere della sua presenza. Anche mia madre, forse, sarebbe stata più tranquilla se mio padre ci fosse stato davvero, permettendomi, così, di poter essere una bambina spensierata.

La realtà, però, era che mio padre Sauro, a causa del suo lavoro di tassista, spesso era lontano da casa.

Talvolta, però, mi portava a lavorare con lui: un gran divertimento!

Ricordo che mi faceva sedere sul sedile anteriore. Si vagava per la città quando il cliente era disposto a sopportare una bambina a bordo, in caso contrario, trascorrevo il tempo con i suoi colleghi che mi facevano giocare. Per esempio c'era Pallino che aveva una gran pancia ed era solito indossare i pantaloni con le bretelle tutte colorate, un vero spasso solo a guardarlo!

C'era poi il mio amico Roberto, che ogni tanto mi portava un regalo. Ai miei occhi era il più giovane dei tassisti, aveva i capelli ricci e mi teneva volentieri in braccio.

Una mia caratteristica di bambina, infatti, era quella di aprire le braccia alla vista di un qualsiasi individuo e domandare: «Mi prendi in braccio?».

Più o meno rapidamente, però, dovetti abbandonare anche tale abitudine perché mi fu detto che non bisognava fare così, doveva bastarmi stare in braccio al papà senza cercare altro (anche perché avrei potuto incontrare persone cattive che ne avrebbero approfittato).

In effetti ero sempre in braccio a mio padre, quando era disponibile!

Le braccia di papà rappresentavano il mio luogo ideale. Ricordo che mi bastava sentirle strette intorno a me per farmi addormentare o per calmarmi dal pianto. Lo consideravo un rifugio sicuro.

Mamma invece insegnava. Da bambina, infatti, trascorrevo le mie mattinate, e anche qualche pomeriggio, tra il nonno, la babysitter e la parrucchiera.

La parrucchiera, il cui nome era Graziella, non era né una parente né un'amica di famiglia. Mi conosceva, però, ancor prima della mia nascita perché era la pettinatrice di fiducia di mia madre, che sin dalla giovane età era solita andare da lei almeno una volta a settimana per fare la piega.

Quando venivo lasciata dalla parrucchiera c'era una piccola tassa di permanenza che dovevo pagare: subire le acconciature che Graziella riteneva più adatte al mio viso.

A essere sinceri, mi sarebbe tanto piaciuto portare i capelli lunghi, però lei riteneva che ai bambini bisognasse tagliare i capelli in modo che si mantenessero forti per quando sarebbero diventati adulti. Ma chi ci pensava a diventare grande!

Volevo godere di quello che avevo da bambina, mentre, già dai capelli, il mondo circostante mi proiettava nel futuro. Capelli sempre cortissimi, da maschietto, un vero tormento per me. Lo stare poi ferma quando me li tagliava, mentre io volevo muovermi, guardare quello che faceva, capire, chiedere... Impossibile!

Finito il lavoro, potevo finalmente guardarmi allo specchio e sentire la sua esclamazione: «Che bella sei!».

Inutile dirvi che questa affermazione era in totale disaccordo con la mia percezione profonda e mai espressa: «Come sono brutta così!».

In realtà le mattinate con Graziella erano piuttosto frequenti, perché la babysitter Mariuccia aveva un marito malato, da tempo costretto sulla carrozzina e, quindi, era spesso impegnata ad assisterlo. Il nonno Gino, invece, padre di mamma e vedovo da oltre vent'anni, era abituato a ritagliarsi molto tempo per andare in cerca di «moglie».

Mariuccia era una donna sui cinquant'anni, decisamente grassottella, portava i capelli pettinati in un modo strano, ma ben adatti a incorniciarle il volto dolce e sempre paziente. Le ero molto affezionata. Mi sarebbe piaciuto tanto se il nonno avesse guardato Mariuccia con occhi ben disposti: sarebbe stata una nonna ideale!

Non ero riuscita a conoscere la mia nonna materna e pensavo che lei sarebbe potuta essere perfetta!

Come sempre, però, le vie dei grandi sono diverse da quelle dei bambini: loro hanno tutti dei calcoli da fare. Per il nonno, infatti, Mariuccia era troppo giovane e poco ordinata. Qualità queste che non gliela facevano neppure considerare.

Mariuccia abitava in un appartamento nello stesso condominio dove vivevo io con la mia famiglia. Ciò favoriva molto il nostro stare insieme. A me piaceva moltissimo. Mi sentivo libera con lei, potevo fare quello che più mi piaceva, anche se ero una bambina già rigidamente impostata. Mi avevano insegnato che non si deve far rumore o disturbare, che bisogna giocare con calma e stare tranquilli dove si viene messi a sedere, senza girare per casa, specialmente se si è in casa d'altri, anche della babysitter. Ciò sviluppò nella mia mente la passione di capire com'erano fatte le cose che avevo fra le mani, smontarle era un lavoro silenzioso e si poteva farlo da seduti senza girare per casa. Anche questo, però, agli adulti sembrava una brutta cosa.

Una volta in cui mi sono divertita molto è stata giocando con un gomitolo. Capitava raramente che la nonna paterna, Antonietta, passasse qualche giorno a casa nostra. Erano occasioni rare perché, si sa, meglio che la suocera viva lontano dalla nuora!

Nel caso specifico, la nonna abitava in campagna, luogo in cui aveva cresciuto i suoi figli, tra cui mio padre.

Nelle giornate di forzato riposo cittadino, mia nonna si dilettava, come da copione, a lavorare a maglia: portava con sé gomitoli belli, morbidi, colorati e non rumorosi anche se buttati per terra. Cosa poteva esserci di meglio che giocare proprio con questi?

Presone uno cominciai a girare, in perfetto silenzio e da brava bambina, tutta la casa: intorno alle sedie, sotto i tavoli, dalla sala alla cucina e ritorno; creando un vero e proprio labirinto di lana.

La nonna lavorava all'uncinetto mentre io tessevo!

Il gioco finì con il ritorno di mia madre che, aperta la porta di casa, restò sgomenta davanti allo spettacolo di una dimora intrecciata da innumerevoli fili di lana. Quella volta ricordo che si arrabbiò e non poco.

Era proprio difficile trovare il gioco più adatto per accontentare gli adulti, soprattutto mia madre.

Con il nonno Gino, che era il mio amore, nelle giornate di sole, piuttosto rare per la verità, si andava spesso in giro.

La sua residenza era a Rapallo, e capitava che stessi con lui al mare per giorni interi. Era bellissimo!

Anche quando lui veniva ad Alessandria per trascorrere un po' di tempo con noi ero felice. Il giorno in cui era previsto il suo arrivo mi posizionavo dinanzi alla finestra per aspettare l'autobus da cui sarebbe sceso. Quando lo vedevo uscivo di casa, nonostante le rimostranze di mamma, e gli correvo incontro dicendogli: «Ciao, nonno! Quando vai via?».

Nella mia testa la domanda era finalizzata a sapere se si sarebbe fermato tanto, come da me sperato, ma il mio italiano, ancora poco adulto, faceva capire il contrario ai grandi e quindi anche al nonno, che rispondeva: «Ma, cara, perché appena arrivo mi chiedi già quando andrò via? Non sei contenta che sono arrivato?».

«Al contrario, nonno, ma vorrei capire se ti fermerai tanto, perché vorrei che restassi con me, che non andassi più via!»

«Mi fermerò un po', ma ora pensa che sono qui! Neppure io so quando ripartirò, magari lo decideremo insieme, va bene? Ora entriamo in casa!»

Il suo ingresso tra le mura domestiche era un rito sempre uguale e preciso: nel nostro atrio c'era una poltrona e, prima di poterla oltrepassare, la regola era quella di togliere le scarpe e indossare le ciabatte per non sporcare casa. Così nonno entrava, si toglieva il cappello appendendolo all'attaccapanni e altrettanto faceva con il soprabito; si sfilava infine le scarpe, che riponeva ordinatamente ai piedi del soprabito, in modo da disegnare un altro sé coi vestiti. Quando salutava mamma, puntualmente, intervenivo: «Nonno, che regalo mi hai portato?».

«Sono qua, non è già questo un bel regalo?»

«Certo! Ma cosa mi hai portato?»

C'era sempre qualcosa, in effetti: ciò che mi rendeva felice erano i peluche, ma nonno diceva che ne avevo già troppi e che prendevano polvere, così evitava di comprarmeli.

Spesso mi venivano regalati libri e vestiti; cose utili, insomma. I giochi erano più difficili da ottenere, ma non mancavano.

La mia stanza era molto grande e la dividevo con il nonno, durante il suo soggiorno a casa nostra. Sono sempre stata una persona disordinata e questo creava problemi con il nonno, che mi avrebbe voluta ordinatissima, ossia che tutti i giochi fossero sempre al loro posto. Questo aspetto di mio nonno era difficile da capire per me: i giochi servono per essere usati, se li tenessi tutti ben in ordine da qualche parte che gusto ci sarebbe?

Così, ogni tanto, lottavo con lui che mi proponeva, invece, degli svaghi più funzionali, come giochi dove si dovevano contare le varie caselle per i passaggi e i percorsi con le pedine; mi annoiavo molto e così cominciavo a fargli tutti gli scherzi possibili. In particolare, mi piaceva saltargli addosso e tirargli i peli che gli spuntavano dalla camicia. Inutile dire che non era contento, ma il suo dimenarsi mi divertiva e così lo sfinivo.

Poi venne per me il momento di andare all'asilo, primo inserimento nella vita sociale.

Premetto che da bambina mi ammalavo facilmente. L'origine era quasi sempre legata all'apparato respiratorio, soprattutto per via delle adenoidi.

All'asilo andavo soltanto quando stavo proprio bene e la cosa non era così frequente.

Consideravo l'ambiente della scuola come un insieme di bambini traumatizzati che si ritrovano in gruppo a piangere, accuditi da maestre e suore insufficienti di numero e che avrebbero voluto bambini già adulti.

Era un luogo dove si doveva dormire per forza all'ora stabilita, mangiare quello che passava la mensa e colorare secondo gli schemi degli adulti, anziché secondo i colori con cui io e gli altri bambini vedevamo la realtà.

A me sono sempre piaciuti i colori accesi e vivaci.

Una volta disegnai una casa in un grande prato fiorito: era azzurra con il tetto verde e le finestre arancioni. Il prato, invece, era pieno di erba rossa e fiori variopinti, mentre nel cielo rosa splendeva un enorme sole viola!

Le suore che ci assistevano erano un po' perplesse sulla mia scelta dei colori!

Compiuti tredici anni, il mio mondo, per me, cambiò...

Il giorno della mia prima comunione, avrei voluto fosse una festa speciale. Avevo invitato tutti i parenti, ma, sempre a causa delle incomprensioni economiche tra le due famiglie d'origine, dovute al fatto che mia madre era benestante al contrario di mio padre, molte persone non si presentarono e io, che rimasi delusa dall'assenza delle mie cugine, dissi a mio padre: «Come mai per i vostri problemi di soldi dobbiamo andarci di mezzo anche noi bambini?».

«Il mondo degli adulti è troppo complicato, tesoro. Un giorno capirai.»

Quello che apprezzavo di mio padre era la sua sempre totale disponibilità nell'ascoltarmi e nel darmi le spiegazioni che gli chiedevo. Mi ha sempre trattata alla pari, facendomi sentire capace di capire, senza mai nascondermi nulla; era importante questo, per me! Questa volta, però, anche lui era imbarazzato davanti al mio disappunto.

In quel momento promisi a me stessa che, in un modo o nell'altro, avrei dimostrato ai miei parenti quanto inutili fossero quei soldi che loro desideravano tanto. Doveva esserci una dimensione di vita in cui si è amati per ciò che si è, non per interesse, non per guadagno o tornaconto; la dovevo assolutamente scoprire!

Questa fu la prima volta che pensai alla vita delle suore come a una via per dimostrare un insegnamento tanto profondo.

A parte i loro metodi pratici di educatrici, che potevano essere discutibili, una volta una suora mi aveva fatto un discorso che mi aveva molto colpito: «Cari bambini, noi trascorriamo tante ore con voi, spesso ci arrabbiamo e voi piangete e vi lamentate, ma sappiate che noi lo facciamo solo per amore. Le vostre maestre percepiscono uno stipendio per stare con voi, per loro, oltre a essere una missione, è anche un lavoro. Per noi è soltanto missione, nessuno ci paga per fare ciò che facciamo!».

Il messaggio che arrivò al mio cuore fu che una suora fa qualcosa semplicemente perché le piace e la vive come missione. Era fantastico!

La vita, poi, mi avrebbe insegnato che non è tutto idilliaco come sembra, ma questa è un'altra parte del libro.

# Capitolo primo

*Signore,*
*è così grande il tuo mare*
*e così piccola la mia barca.*

Avevo trovato questa scritta su una barca ormeggiata al porto. Ne rimasi subito colpita: la vita era il mare, la barca il mio cuore!

Il mio rapporto d'amore con il mare iniziò molto presto. Rapallo, per me, significava relax, un po' per la bellezza dei luoghi, un po' perché era comodissima da raggiungere da Alessandria, ma soprattutto per l'aria marina che faceva bene alla mia salute precaria.

«Vedete, vostra figlia ha un sistema respiratorio troppo cagionevole. Le tonsille sembrano palle da tennis!» disse il medico dopo l'ennesimo febbrone invernale.

«Forse sarebbe meglio farla vedere da uno specialista e valutare se è il caso di asportarle?» chiese preoccupato papà.

«Per il momento direi di no. Si possono curare. L'ideale sarebbe far trascorrere alla bambina alcuni periodi in zone termali o marine, in modo che possa respirare iodio e altri agenti purificatori dell'organismo. La bambina ha già subito un'operazione e non mi sembra il caso di gravarla ulteriormente.»

«Certo, l'umidità e la nebbia di questa città non aiutano.»

Il mare è vita. È pesci. È alghe. È liquido purificatore. È sale minerale. È plancton.

Quando vedo il mare il mio «io» rinasce, fiorisce.

Talune volte, però, il mare mi faceva, e ancora mi fa, anche paura; per questo forse non ho mai imparato a nuotare.

Quando è in tempesta cattura il mio sguardo, la mia attenzione, perché si sporca, cambia colore, tira fuori una forza incredibile, urla, si lamenta, si lacera contro gli scogli.

Quando è così, il mare, mi somiglia particolarmente, sembra sia l'unica creatura in grado di capirmi, in grado di accogliere anche le tempeste del mio cuore.

Il mare è così immenso, come potrei tuffarmici?

Ero grata al mare perché mi aveva insegnato che ero un essere incapace di sopravvivere senza respirare.

Lo scoglio rappresenta la sicurezza, rispetto al moto delle onde sempre cangianti.

Avevo sempre avuto bisogno di punti fermi e da ragazza ancora di più. Anche per questo, forse, presi la decisione di entrare in monastero, era un modo per guardare la vita dalla gabbia sicura di un luogo protetto dal mondo, dalle sue sfide, dalle sue esigenze. Almeno così pensavo.

In un certo senso potevo anche avere ragione, peccato, però, che non ci sia uno scoglio sicuro contro l'onda del proprio ego profondo!

Avevo bisogno di trovare un mio modo di vivere, tutti gli esempi che mi venivano presentati li consideravo troppo banali. Ero alla costante ricerca di qualcosa di diverso, qualcosa che rompesse la routine dell'esistenza, qualcosa che potesse mettermi le ali e farmi spiccare il volo dell'indipendenza; eppure volare anche quando hai la spinta può risultare difficile.

Ho sempre cercato occhi particolari in cui scorgere la scintilla di una profonda bellezza, persone contente di vivere.

Ricordo un incontro particolare con un parroco, non era della mia parrocchia, ma andavo spesso in quella chiesa con mia madre e mio nonno. Un giorno mi avvicinai all'altare e c'era don Mario che, con fare gentile, mi invitò a salire. Avevo, forse, otto anni. Cambiava i fiori sull'altare: prese una rosa e me la donò!

«Grazie! Che bella!»

«Come ti chiami, piccola?»

«Sofia.»

«Che bel nome! Sofia, sai che la Madonna ti vuol bene? Questa rosa è da parte sua. Torna quando vuoi, mi troverai qui.»

Tornai a casa felice e conservai quella rosa in modo speciale. Questo sacerdote aveva una scintilla negli occhi.

Frequentavo le suore, andavo a catechismo, ma che noia! Questo prete mi sembrava diverso, con lui si poteva parlare di fede. Così cominciai a vivere la mia esperienza religiosa su due dimensioni: da una parte quella comune a tutti con il catechismo, dall'altra la mia, quella che costruivo passo dopo passo con una persona per me importante.

Il frequentare una scuola di salesiane, di sicuro, mi dava la possibilità di approfondire i temi religiosi con più costanza. Il mese di maggio era quello più impegnativo. Ogni giorno una statuetta della Madonna andava in «pellegrinaggio» nelle case dei bambini. Il bambino a cui toccava il giorno con la Madonna doveva impegnarsi a preparare, nella propria stanza, un luogo accogliente, un piccolo altare. Alle fine del mese c'era una messa e ogni bambino poteva consegnare ai piedi della statua di Maria un biglietto con sopra una sua preghiera, un desiderio, un progetto. L'aspetto meno simpatico era invece quello dei «fioretti»: i bambini dovevano impegnarsi a rinunciare a qualcosa per amore di Maria. Non ho mai creduto che la Madonna aspettasse un sacrificio da parte di noi bambini per dimostrarle il nostro amore. Anche don Mario pensava che non fosse giusto! Nei bambini, questo può generare un'immagine di Dio negativa, legata alle punizioni. Sono sempre stata convinta che Dio fosse diverso.

Una persona importante per la mia fede è stata anche suor Marilena, mia insegnante di religione alle medie.

Quando faceva lezione era affascinante, e ricordo che in classe spiegava la Bibbia ignorando i classici testi scolastici per l'ora di religione. Una volta disse una frase che fu importante per la mia decisione di entrare in monastero.

«Ragazzi, se volete conoscere Dio, studiate la Bibbia!»

Questa frase mi convinse, riuscendo a dare un senso alla religione e a quell'insieme di cose che non capivo. Decisi che sarei stata come suor Marilena: avrei studiato la Bibbia e l'avrei insegnata trasmettendo tutta la passione che mi spingeva a farlo.

Per questo motivo, un giorno, con coraggio, andai a parlare con la mia preside.

«Buongiorno, madre, potrei parlarle?»

«Ho saputo che mi volevi incontrare. Dimmi!»

«Desidero essere una suora salesiana, come voi!»

«Ne sei sicura?»

«Sì! Suor Marilena ci ha detto che per conoscer Dio occorre studiare la Bibbia e questo voglio fare!»

«La tua motivazione è bella, ma le salesiane hanno come vocazione quella di aiutare i ragazzi, non studiare la Bibbia. Tu sei un tipo riservato e timido, leghi poco con gli altri compagni, come puoi essere una salesiana? Come faresti in mezzo a tanti giovani? Secondo me devi pensarci ancora meglio, leggere con più attenzione i Testi Sacri e, poi, ne riparleremo.»

Che pedagoga, ragazzi!

Piuttosto che sentire quel giudizio avrei preferito essere presa a schiaffi. Giurai a me stessa che non avrei mai più parlato di me alla preside. Già un'altra volta avevo molto sofferto a causa di un suo comportamento, davvero poco sensibile, nei miei confronti.

Così decisi che avrei parlato con altre persone, cambiando metodo.

Dovevo anche dirlo ai miei genitori e la cosa m'impensieriva alquanto, soprattutto pensando a mio padre.

Un giorno mi si presentò la possibilità.

Colsi l'occasione di un test attitudinale a cui ci sottoponevano regolarmente a scuola. Avevo tredici anni e feci in modo di essere convocata dal sacerdote psicologo. Mi disse che dal test era abbastanza evidente la mia volontà di consacrarmi al Signore e che avrei dovuto parlarne con i miei. Risposi, ricordo, che avevo timore di cominciare questo discorso con mio padre, così chiesi se avrebbe potuto convocarlo e dirglielo lui direttamente.

Il sacerdote accettò e mio padre venne convocato.

Uscito da quella stanza era irriconoscibile e fino a casa non mi rivolse la parola. Arrivati tra le mura domestiche mi disse con le lacrime agli occhi: «Quando hai imparato ad avere paura di tuo padre? Quando mai non hai potuto dirmi qualcosa? Quando ti ho impedito d'esprimere un tuo desiderio o un bisogno?... E ora mi fai dire una cosa del genere da un prete?».

Credo di avergli dato la più grande delusione, non per la notizia, ma per il modo in cui gli era arrivata.

Lo stesso sacerdote riferì, nuovamente, la medesima notizia anche alla preside della scuola salesiana, perché potesse già introdurmi, con letture mirate, a un possibile cammino di consacrazione nella loro congregazione.

Fui così convocata una seconda volta dalla preside che mi diede diversi libri interessanti, ma, ai suoi occhi, io non ero la persona giusta. Negli ultimi tempi avevo cominciato a isolarmi un po' troppo dal resto dei bambini e poi aveva dovuto convocare mia madre per avvisarla del mio scarso rendimento. Quindi, dandomi i libri aggiunse: «Io ho fatto quanto il sacerdote mi ha suggerito, ma in realtà non credo che tu sia adatta alla vita salesiana, perché non ci sai proprio fare con i ragazzi!».

Io la ringraziai, pensando: *Certamente non sono pedagoga come te, ma tu non mi vedrai più.*

Chiusi, così, definitivamente l'argomento inerente la consacrazione con le suore della mia scuola.

La decisione di diventare una suora fu rafforzata dal fatto che mia madre avesse un amante che chiamerò «amico», in quanto lei stessa lo definiva così.

«Mamma, perché esci? Dove vai oggi?»

«Tesoro, devo andare a fare una commissione urgente, però se papà dovesse arrivare prima di me, digli che sono appena uscita!»

«E chi è quel signore che ti ha telefonato dicendo che ti aspettava davanti alla farmacia?»

«Ehm… il marito di una mia amica con la quale devo vedermi. Sai, gli impegni con la chiesa!»

Anche se avevo solo quattordici anni, non ero deficiente.

Un giorno misi mamma all'angolo, costringendola, in un certo senso, a raccontarmi tutto...

«Mamma, perché non mi dici la verità... Chi è quell'uomo che ti cerca sempre e del quale non parli mai con papà?»

«Senti, Sofia, tu ormai sei grande. Anch'io sento il bisogno di confidare a qualcuno i miei segreti. Forse proprio tu, mia figlia, sei la persona più adatta. Ebbene, sì, quell'uomo si chiama Valerio ed è il mio "amico".»

In un primo momento non la presi proprio bene. Anche mia madre non sarebbe stata più così presente: aveva qualcun altro da amare!

Era come se un vento gelido avesse soffiato su di me trasformandomi in un pezzo di ghiaccio. No, era un incubo! Volevo svegliarmi! Eppure tale risveglio non sembrava arrivare.

Dentro di me pensai che fossi chiamata a un sacrifico: diventare una suora per salvare mia madre e per «salvare» me stessa dalle pretese di qualche maschio e dall'assoluta mancanza d'amore.

È impressionante come la religione, mal capita, mal vissuta, possa diventare l'esatto contrario di ciò che è. Solo da monaca riuscii, poi, a prendere consapevolezza di ciò.

In quel periodo imparai l'arte della somatizzazione. Soffrivo di peritoniti e cistiti continue, con un'unica luce in fondo al tunnel: il monastero o, comunque, la vita religiosa!

Ero combattuta tra la clausura e l'ideale di donna forte che mi veniva dal ricordo della mia insegnante, suor Marilena.

Sulla scena della mia vita era ancora presente don Mario che mi parlò di un istituto di suore infermiere la cui superiora avrebbe saputo indirizzarmi con saggezza.

Nel frattempo avevo anche scritto a un frate cappuccino un po' particolare e diventato famoso per i suoi calendari, si chiamava frate Indovino, che mi fece accostare, per la prima volta, alla realtà claustrale.

Quando arrivai per la prima volta in monastero per rendermi conto di cosa fosse, ero ancora davvero una ragazzina, anche se vestivo in modo ricercato rispetto ai miei quattordici anni. Mi accompagnarono i miei genitori, che non riuscivano a capire come potesse anche lontanamente sfiorarmi l'idea di vivere in un posto come quello.

Era Natale e il freddo ci accolse in tutta la sua crudezza.

Dopo aver visitato il monastero, iniziai a intrattenere, con alcune monache, un rapporto epistolare. Mi piaceva ricevere le loro lettere e confrontarmi con quella realtà tanto particolare. Ne ero affascinata proprio perché non comune. Avevo visto dei documentari, quelli che ero riuscita a trovare, ma poter leggere delle testimonianze dirette fu una meraviglia. Lo trovavo un mondo invitante!

Continuavo anche a frequentare le suore che mi aveva indicato don Mario. Aveva ragione: madre Anna, la superiora, era fantastica; una vera madre. Quante ore a parlare insieme di fede, di chiesa, di vocazione e di loro. Erano suore infermiere e la prospettiva che questa superiora mi proponeva era allettante, per me. Avrei studiato, sarei entrata come caposala negli ospedali e avrei alleviato il dolore di molti. Dolore fisico e umano, spirituale e morale. Sarei stata anch'io una gran donna!

Scelsi, quindi, l'ospedale!

Quando comunicai tale decisione ai miei genitori, tirarono un profondo sospiro di sollievo: per loro tutto era meglio della clausura!

Andai, poi, dalla superiora e lo dissi anche a lei che, felice, mi chiese di rimanere a recitare il vespro con loro.

Mentre ero in preghiera con le suore a un certo punto sentii, chiaramente, una voce dietro di me: «Sofia, questo non è il tuo posto!».

Mi girai di scatto, ma non c'era nessuno.

Tornai allora a pregare ed ecco ritornare la voce: «Cosa ci fai qui, non è il tuo posto!».

Stavo diventando matta?!

Scappai dalla chiesa e tornai a casa.

Cosa stava succedendo? Perché quella voce continuava a risuonarmi dentro?

Possibile che avessi sbagliato decisione? Perché dove avevo scelto di andare mi si diceva che non era il mio posto?

Non ci capivo più nulla!

Provai a non farci caso e, il pomeriggio seguente, tornai da madre Anna. «Benvenuta! Sai, ieri sera ho dato la grande notizia alle sorelle che sono felicissime. Ma cosa c'è, non sei contenta?»

«Sono confusa.»

«Ancora? Mi sembravi molto decisa ieri. Sei ancora troppo giovane per prendere una decisione così importante, in effetti.»

«Ho sedici anni ormai, una mia compagna di scuola ha appena avuto un bambino; è giovane eppure è mamma! Come mai io sembro essere la sola troppo piccola per decidere il mio futuro?»

«Non arrabbiarti, cara! Hai bisogno di pregare ancora. Il tipo di decisione a cui ti accingi tu è diversa dall'avere un figlio. Pregaci ancora su.»

«Il fatto è che ieri sera, durante l'adorazione ho sentito,

per ben due volte, una voce che mi diceva che questo non è il mio posto.»

«Allora torna a pregare, ogni ispirazione che ci viene durante la preghiera va seguita. Se la voce tornerà ancora fai come il giovane Samuele e chiedi più luce.»

Così feci. Tornai a pregare e tornò ancora la voce, ma questa volta fu diverso. Uscii dalla chiesa e mi diressi decisa verso casa con la chiarezza che cercavo: il monastero mi attendeva!

Così diedi ai miei genitori la notizia: «Ho deciso che entrerò in clausura!».

«Sei matta?»

«Ma se ieri ci hai detto esattamente l'opposto!»

«Lo so, ma mi sono sbagliata. Ora ho tutto più chiaro e non tornerò indietro!»

# Capitolo secondo

Premetto che, di prassi, prima di entrare ufficialmente in una comunità monastica come aspirante (questo è il primo step del percorso), la candidata deve fare dei periodi di prova in modo da farsi conoscere direttamente dalle monache. I contatti vengono tenuti solo dalla badessa o da una monaca da lei indicata. Contemporaneamente è offerta alla candidata la possibilità di conoscere l'ambiente un po' più da vicino. Questo consente a entrambi, ma in realtà molto di più alla comunità, di decidere se continuare o meno il rapporto di conoscenza che porterà all'entrata effettiva.

In seguito alla mia dichiarata decisione di entrare in clausura, strinsi un legame con la più giovane della comunità, che è stata una figura importante sia per l'accoglienza nei miei confronti, sia per le vicende spiacevoli che, in seguito, condividemmo.

Entrai in monastero il giovedì santo, accolta da grandi festeggiamenti.

Ancora oggi mi chiedo cosa pensarono le monache, vedendo una bambina di sedici anni che diceva di voler diventare una di loro.

Il venerdì santo le sorelle fecero in modo che non vedessi

ne sentissi nulla in merito alle penitenze più intense, quelle del triduo pasquale, a cui una monaca, almeno in quel monastero, era tenuta a sottoporsi.

Ai miei occhi di innocente ragazzina ospite apparve solo il pranzo a pane e acqua accompagnato da un clima di profondo silenzio, scandito dai ritmi liturgici serrati di quei giorni, in cui si può essere spettatori di rituali davvero affascinanti.

Anche il sabato santo passò allo stesso modo, seppur il clima generale era già più «distratto» dai vari preparativi in vista della grande veglia pasquale.

Rimasi lì tutta la settimana dell'ottava di Pasqua e fu un'esperienza tanto piacevole quanto, vorrei dire «falsa», ma credo sia più corretto il termine «edulcorata».

Continuai, in seguito, a frequentare la comunità a ritmi regolari facendo almeno due step di quindici giorni ogni sei mesi in momenti diversi dell'anno, per capire, almeno superficialmente, come funzionava.

Poiché l'ospite aveva sempre ragione, mi trovai benissimo rafforzando sempre più la mia convinzione. Fissai la data della mia entrata definitiva nella giornata della domenica in albis, la prima dopo Pasqua, del 1995.

La mia entrata nel monastero si rivelò trionfale.

Di norma, nessuno avrebbe dovuto sapere dell'ingresso di una candidata nell'interesse della stessa, ma per me non fu proprio così.

Molti vennero ad ammirare la ragazzina prodigio che così giovane entrava in clausura!

C'erano giovani e sacerdoti ad accogliermi con fiori e regali.

Le porte, poi, vennero chiuse, ma la festa continuò con le monache.

La «tragedia» iniziò la prima notte.

Nella mia cella, mi resi conto che davvero mi ritrovavo in clausura e che le porte erano state chiuse alle mie spalle non per una settimana, non per un periodo di prova ma, almeno nelle intenzioni, per sempre.

Il freddo cominciò ad attanagliarmi le ossa e soprattutto l'anima. Non chiusi occhio tutta la notte. Fu la prima volta nella mia vita che provai l'insonnia.

Oggi che rivivo quel momento, guardandolo con gli occhi e con il senno di poi, posso affermare che, intimamente, quella notte capii che non sarei rimasta per tutta la vita in monastero.

Verso le tre del mattino presi una ferma decisione: sarei tornata a casa!

Non potevo fermarmi lì. Mi appariva tutto stranamente cupo, buio, freddo, lontano, pieno di solitudine. Abitavo in una cella all'interno di un enorme corridoio vuoto e scuro. Nel monastero dove ero entrata la vita era davvero ferma all'epoca medievale. Niente luce elettrica e niente riscaldamento né acqua calda. Il letto era composto da tre tavole di legno poggiate a due piedi di ferro e tra il corpo e le tavole c'era una stuoia di lana coperta dal lenzuolo.

Quella fu la notte peggiore della mia vita.

La mattina seguente, dopo la messa, era previsto che salutassi i miei genitori per entrare effettivamente nella vita monastica. Io invece ero ben pronta a presentarmi dinanzi a mio padre e a mia madre per dire loro che mi ero sbagliata e che volevo tornare a casa. Una volta al loro cospetto, però, la Sofia che voleva uscire rimase senza parole e prevalse la forza di volontà della Sofia arrabbiata con la vita.

Davanti ai miei genitori che, come tutti i visitatori, venivano ricevuti in una stanza in cui c'era un'ampia grata che divideva la monaca dall'ospite, mi piombò addosso il peso della relazione extraconiugale di mia madre da gestire e del dover sempre recitare una parte davanti a mio padre.

Era meglio il freddo colmo di solitudine che avevo provato la notte.

Così, alle soglie del mio diciottesimo compleanno, li salutai.

In monastero i compleanni, considerati feste inutili, non venivano ricordati, mentre si dava grande importanza agli onomastici perché corrispondono a feste liturgiche di santi conosciuti.

Il mio compleanno, infatti, trascorse nel silenzio più rigoroso di un ritiro spirituale. Fu una vera delusione. Non solo nessuna festa, ma nemmeno si poté parlare quel poco che solitamente era consentito.

Ricordo che entrai in cella sperando di trovare, magari, qualche bigliettino d'auguri, ma non arrivò niente da nessuno. Soltanto la sera, a cena, fu rotto il silenzio e si accennò al mio diciottesimo compleanno, ma senza torte o festeggiamenti.

Questo modo di fare lo reputai come un'assenza di sensibilità e dissi a me stessa che non sarei diventata anch'io così!

Il tempo trascorse e arrivò, per me, il momento della mia prima cerimonia ufficiale: la vestizione.

Un tempo questo rito era il più importante nell'itinerario monastico perché segnava la totale «cesura» con il mondo esterno. Si era, definitivamente e pubblicamente, inserite nel contesto comunitario.

All'epoca la candidata si presentava alla cerimonia in abito da sposa e veniva poi spogliata per essere rivestita del saio monastico. Il rito si basava sull'invito di san Paolo: «Rivestitevi di Cristo». In questo modo l'abito nuziale, che rappresentava l'aspetto mondano, veniva tolto per lasciare il posto a quelli che, ancora oggi, sono chiamati «panni della prova».

Quando feci la vestizione quest'uso era stato abbandonato da diversi anni. Resisteva invece quello del cambio del nome. Mi chiamarono suor Veronica.

Fu una cerimonia pubblica ma non sfarzosa, tutta la città vi partecipò e, ovviamente, anche i miei genitori. Per mio padre, in particolare, fu una giornata memorabile. Era il suo compleanno e non fu entusiasta del mio regalo, mi preferiva quando gli regalavo cravatte!

Presenziarono il cappellano, nonché confessore di alcune di noi, e frate Indovino, che mi aveva fatto conoscere il mondo in cui stavo entrando.

Ricordo ancora la scena. Il sole filtrava dalle finestre della chiesa, la grata centrale era aperta e il coro era popolato da monache sedute ben ordinate ed eleganti nel loro austero e fiero abito monastico. Io ero al centro. I sacerdoti alla mia destra e alla mia sinistra. Il cappellano, mentre parlava, guardava fuori, rivolto al popolo.

Frate Indovino, quando si alzò, si rivolse invece direttamente a me: «Cara Sofia! Questo è il nome che io uso ancora per chiamarti perché così sei stata presentata a Dio all'inizio della tua avventura di fede. Ciò che la vita religiosa significa, nelle sue diverse forme, davanti alla Chiesa, è l'approfondimento del battesimo. Non ricevi, e non riceverai, un nuovo sacramento, approfondirai solo il dono battesimale. Quindi non dimenticare il tuo nome, Sofia. Lì è il tuo destino e con quello ti presenterai al cospetto divino».

Sul momento le sue parole mi piacquero poco, ero più in sintonia con l'enfasi esagerata del cappellano.

Da una parte ero felice di non rispondere più al nome di Sofia perché ancora mi illudevo che l'abito facesse il monaco e che per sconfiggere una lotta interiore o un profondo disagio bastasse mascherarli.

Qualche anno dopo, comunque, avrei capito quanto frate Indovino avesse ragione.

Un altro simbolo dominante della cerimonia fu la tonsura. Il taglio dei capelli, specialmente per una donna, rappresenta un segno di forte distacco dal mondo materiale, uno spogliarsi.

Ero arrivata a quel giorno con lunghi capelli ondulati. Quanto mi piacevano i miei capelli!

Dovevo, ora, pubblicamente tagliarli per indossare il velo bianco delle novizie, di conseguenza la badessa mi si avvicinò con le forbici e procedette: con mia grande sorpresa li tagliò pochissimo e io ne fui felice ringraziandola, in cuor mio, per non avermi proprio rapata come avevo capito dovesse avvenire. Così indossai, finalmente, il velo bianco e cinsi il classico cordone francescano in segno di penitenza.

Terminata la cerimonia e salutati i convenuti, si richiusero le porte del monastero e mi ritrovai con la mia madre maestra che mi disse: «Cara suor Veronica, andiamo a completare la tonsura».

«Ma come? Quella della cerimonia non è valida?»

«Quella la chiami tonsura? Ti è stato tagliato un ciuffo di capelli come simbolo, ora dobbiamo fare le cose sul serio. Come lo tieni in testa il velo se hai tutti quei capelli?»

Così mi portò in un bagno, mi pettinò con cura per fare

in modo di poter raccogliere tutti i capelli in una scatola. Li tagliò alla radice con perizia. In quel momento io mi sentii davvero spogliata, derubata di qualcosa d'importante.

Deposti i miei capelli, posò anche le forbici e prese un rasoio per terminare il lavoro.

Mi rapò completamente. Che sensazione terribile. Cominciai a sentire freddo, a sentirmi monca. Mi sembrava così strano, non avevo più i miei capelli; al loro posto una cuffia che sorreggeva un velo bianco.

Continuai ad avere freddo per tre giorni. Non accettavo l'essere stata rapata e giurai a me stessa che appena finiti gli anni di formazione nessun rasoio avrebbe più sfiorato la mia testa.

Tempo dopo, approfondendo con la visione di documentari il tragico periodo della shoah, mi sarei sentita particolarmente commossa nel vedere rapare le persone.

Il primo anno di noviziato, denominato canonico, lo trascorsi a Roma.

Ricordo che al mio arrivo trovai altre sette compagne provenienti da diverse parti d'Italia, nonché alcune novizie africane.

La nostra madre maestra si chiamava Gabriella. Era tanto diversa da quella che avevo lasciato. Sicuramente più solare e aperta alle realtà della vita. Mi trovavo molto bene con lei.

Il periodo del noviziato canonico è particolarmente severo e le novizie hanno davvero seri problemi a comunicare con le altre monache. Se la maestra se ne fosse resa conto avrebbe potuto riprenderle anche severamente.

Il corridoio del noviziato era vicino a quello dello studentato e, qualche volta, ignoravamo i divieti per andare nella cella di una sorella thailandese che preparava lauti pranzetti o spuntini notturni a base di alghe e altre piacevolezze asiatiche. Era una vita spericolata!

Avevo fatto amicizia con due sorelle messicane e spesso, la mattina, mi facevano trovare in refettorio un piccolo regalino, con un biglietto. Il tutto si svolgeva in silenzio, eppure avevamo trovato un nostro modo quotidiano di comunicare. Credo che la madre maestra se ne fosse resa conto, senza però mai sgridarmi. Mi confidavo con lei anche se sapevo che ogni tre mesi doveva preparare una relazione sulla mia condotta, studi e vita spirituale da mandare alla mia comunità. Mi lasciai andare completamente quando mi resi conto che non parlava di ciò che le confidavo nelle relazioni.

Nello stesso periodo mia madre stava attraversando un momento particolarmente difficile. Una malattia inspiegabile agli occhi di mio padre che ancora ignorava tutto.

Un giorno mia mamma abusò di farmaci e mio padre telefonò disperato al monastero per informare dell'accaduto. Non mi fecero parlare con lui, perché durante il noviziato la candidata non poteva avere alcun tipo di rapporto con l'esterno o con la famiglia.

Essendomi però ormai resa conto che con l'attuale madre maestra potevo confrontarmi, le raccontai un po' di cose e lei mi permise di chiamare a casa due o tre volte.

La cosa rimase, assolutamente, tra noi due; apprezzai molto la sua discrezione!

Intanto il mio noviziato continuava ed ero affascinata da quello che stavo scoprendo, specialmente per quanto riguardava la Bibbia e la liturgia.

In quel periodo scrissi anche tre icone appassionandomi alla teologia ortodossa.

Per quanto possa sembrare lungo, un anno passa in fretta e arrivò il momento del mio rientro al monastero, dove trovai una comunità, ai miei occhi, diversa.

La badessa mi accolse con una certa freddezza: «È tornata la novizia che racconta le cose fuori casa».

Rimasi di pietra pensando a cosa mai avrebbe potuto averle detto madre Gabriella, in relazione alle confidenze fatte. Scoprii, poi, che era stata madre Giovanna, l'incaricata della mia formazione, a dirle tutto quello che le avevo confidato sperando in un saggio consiglio.

Da qui cominciò il mio progressivo distacco da quella che, per me, non era tanto una comunità religiosa, ma un insieme di donne che spettegolavano tra loro, istigate dai preti.

La badessa cominciò a pretendere di diventare la mia confidente. Più si comportava così e più mi chiudevo a riccio. Nel frattempo dovevo tornare a confessarmi dal cappellano. Mi volevo fidare di lui, era un sacerdote piuttosto giovane ed ero sicura che mi avrebbe compresa. Presto, però, mi resi conto che le confessioni servivano alla badessa per sapere tutto di me. Lui, infatti, le riferiva ogni cosa.

Entrai, così definitivamente in rotta con l'ambiente circostante. Cominciarono a prendere nei miei confronti misure di estrema severità. Non potevo più parlare liberamente con la responsabile della formazione, ma solo con la badessa. Quando chiedevo di spedire lettere destinate alla responsabile di Roma mi veniva dato il permesso, ma nessuna risposta arrivava mai.

Incominciai a insospettirmi, fino a quando un giorno arrivò la verità.

«Giovanna, mi puoi far spedire questa lettera per la madre Gabriella?»

«Va bene! Mettila nel mio studio, sopra il tavolo. Nel frattempo prendi i miei quaderni di musica e portameli all'organo.»

Andai nello studio di madre Giovanna, deposi la lettera e presi i quaderni. Nel prenderli notai un plico di buste. Come in un lampo, mi resi conto che nessuno aveva mai spedito una mia lettera; me lo facevano solo credere. Così loro leggevano la mia posta e io dovevo credere che madre Gabriella non volesse rispondermi.

Diventai una furia, ero fuori di me, non immaginavo che potessero arrivare a tanto, non avrei mai creduto che la mia formatrice avrebbe ceduto a certi giochi.

Presi le lettere e andai da madre Giovanna.

Mi presentai da lei buttandole addosso tutte le buste e dicendole quello che mi usciva dal cuore. Lei si mise a piangere; fu una scena patetica, ma mi assicurò che era stata costretta dalla badessa che, altrimenti, l'avrebbe denunciata al vescovo dicendo che il nostro rapporto era sospetto, perché spesso ero stata vista andare la sera nella sua camera e starci fino a tardi.

«Questo da te non me lo sarei mai aspettato! Potevi almeno nasconderle meglio. Perché siete così crudeli con me?»

«La madre non si fida. Dice che ti sei comportata in modo poco corretto con noi!»

«A me non interessa quello che pensa o dice la badessa. Tu non sei capace di pensare con la tua testa, Giovanna?»

«Io non posso, lo sai, devo obbedire per quanto in disaccordo. Anche Gesù è morto in croce per obbedienza.»

«Queste sono solo cavolate. Lascia perdere Dio, è l'unico assente in questo monastero.»

Così anche nei confronti di Giovanna persi la stima che avevo nutrito per lei.

Fra alti e bassi, arrivò la mia prima professione. Si celebrò in un caldo pomeriggio del 1998.

Il chiostro era bellissimo. I ragazzi della diocesi avevano cominciato ad addobbarlo dal mattino presto. Lo avevano colorato con delle splendide composizioni di rose blu. Anche al mio posto davanti all'altare trovai una rosa blu che poi feci seccare; ancora oggi la conservo!

Erano venute molte persone della mia famiglia che, nel frattempo, erano state informate della mia effettiva scelta. Solo il mio zio preferito si era rifiutato di venire, non accettando la mia decisione, mentre rividi alcune cugine che neppure conoscevo, essendoci frequentate solo da piccoline.

All'apparenza tutto era perfetto, quel giorno.

Ricordo che la mia responsabile di formazione mi disse: «Oggi è la tua festa. Puoi chiedere qualunque cosa in regalo!».

E io, con un bel sorriso, risposi: «Giovanna, ciò che più desidero, che mi manca ormai da tre anni, è la possibilità di fare un bagno caldo avvolta dalla morbida, profumata schiuma».

Ovviamente la richiesta parve assurda, ma la promessa andava mantenuta e mi venne concesso di salire al piano dove risiedevano le sorelle malate per usufruire della loro vasca riempiendola di bagnoschiuma. Fu così rilassante!

Nel frattempo il monastero aveva accolto una nuova ragazza, Antonella, mia amica, con la quale condivisi momenti anche molto belli. Grazie alla disponibilità della nostra formatrice, avevamo per noi persino dei momenti di gioco.

Dopo la mia prima «professione», decisi di acconsentire a un serio cammino di accompagnamento psicoterapeutico che mi riportò a Roma.

Questa fu una decisione determinante nella mia vita!

Cominciai il mio cammino di psicoterapia con padre Antonio, un sacerdote salesiano. Era l'uomo più straordinario che avessi mai incontrato.

Il primo incontro fu fenomenale. Venni accompagnata dalla madre generale che mi ospitò nel monastero di Roma, dandomi la possibilità di intraprendere tale percorso. Voleva rendersi conto di chi fosse questo psicoterapeuta. Lui ci accolse all'ingresso dell'università Salesiana, dove insegnava ed esercitava. Salutò con rispetto la generale, le rivolse qualche battuta carina e poi, fatte le presentazioni, disse che il nostro sarebbe stato un rapporto del tutto privato. Gli dissi che ero una ex allieva e mi fece visitare buona parte dell'università prima di accompagnarmi nel suo studio. Era una stanza molto ampia, luminosa, ben arredata e con un'intera parete tappezzata da un poster enorme raffigurante un paesaggio di montagna, dinanzi alla quale erano poste le due sedie per gli incontri. Sembrava quasi di essere dentro al poster, una sensazione molto rilassante. Ci sedemmo e gli dissi, non so neppure con che coraggio: «Posso darti del tu?».

«Certo, se lo desideri!»

Dopo che tali parole uscirono dalla mia bocca, io stessa mi chiesi come avessi fatto, in quanto la mia educazione avrebbe voluto diversamente, ma con lui mi sentivo bene e libera...

«Bene, cara... Come ti chiami?»

«Veronica!»

«Veronica? No, no, voglio sapere il tuo vero nome!»

«Sofia.»

«Sofia! Questo è il tuo vero nome. Così ti hanno presentata a Dio. Non capisco queste monache, ve lo dice il Concilio Vaticano II di far così? Andiamo avanti, Sofia. Perché sei qui?»

«Per cercare di capirmi e di capire se sono matta o se me lo vogliono far credere.»

Gli raccontai la mia vita in due ore.

Mai mi ero sentita così capita, ascoltata, accolta. Presto il nostro rapporto divenne più forte e intenso di quello abituale tra psicoterapeuta e paziente.

Nel frattempo la badessa del mio monastero originale era arrivata ormai al termine del suo mandato, ma voleva assolutamente parlare con padre Antonio della mia situazione. Lui non era d'accordo, ma un giorno lo convinsi...

«Per favore, Antonio, fallo per me. Se continui a rifiutare le suore superiori penseranno che sia io a non voler questo incontro, con il rischio che m'impediscano di frequentarti e mi rispediscano lontano da Roma!»

«Va bene, Sofia. Se proprio ci tieni lo farò per te. Sappi che vorrò che tu sia presente per tutto il tempo.»

Fu così stabilita la data dell'incontro e la badessa, quindi, venne a Roma per il grande giorno.

Ero emozionata e, al tempo stesso, in ansia, ma mi fidavo di padre Antonio. Arrivammo puntuali all'appuntamento. Lui no, stranamente ci fece attendere. Poi comparve dal fondo del corridoio, arrivò con calma, senza troppo curarsi del ritardo, e ci fece accomodare nello studio a me tanto familiare.

«Scusate, care consorelle, ma ho anche impegni più importanti» e poi, rivolgendosi alla badessa, aggiunse «bene, cara madre! Come mai è qui?»

«Padre, intanto la ringrazio per avermi ricevuta. Mi faceva

piacere parlare un po' con lei di suor Veronica, conoscere il percorso che sta facendo e sapere cosa ne pensa lei. Provo grande affetto nei suoi confronti e farei qualunque cosa per farla stare bene!»

«Il cammino di Sofia appartiene solo a lei e solo lei può decidere se e con chi parlarne.»

«Ma, padre, io sono la sua superiora, devo sapere... anche le monache mi chiedono notizie; ormai sono quasi sei mesi che manca dalla comunità. Potrei parlarle un attimo in privato senza suor Veronica?»

«Cara madre, è proprio grazie all'insistenza di Sofia che lei oggi è qui dinanzi a me. Io ero assolutamente contrario a questo incontro perché non confacente all'etica professionale che seguo, quindi Sofia resterà qui per tutto l'incontro. Anzi, per qualunque sua domanda, chiederò permesso a Sofia prima di rispondere.»

E così fu. Ogni domanda che la badessa rivolgeva a padre Antonio, lui la rimandava a me: «Sofia, posso rispondere?».

A un certo punto la badessa sbottò: «Guardi, padre, conosco delle cose di suor Veronica che lei nemmeno immagina. Non credo le abbia detto proprio tutto».

«Lei saprà delle cose di Sofia e può scegliere di dirmele o meno, ma io so di Sofia ben più di quanto mi dica. Nella comunicazione autentica le parole sono una parte, molto va letto oltre il detto.»

Ero fiera di lui, ma sapevo che la badessa me l'avrebbe fatta pagare, era un affronto troppo duro per lei. Per tutto il tragitto di ritorno, infatti, non mi rivolse la parola. Arrivate al monastero si chiuse in studio con la generale. Ero certa che quello fosse un pessimo segno, ma sapevo che lei stava terminando il suo mandato e che non avrebbe potuto fare nessun gesto eclatante. Ma chi sarebbe stata la nuova superiora?

Così terminò la visita della mia badessa a Roma. La settimana dopo ci fu l'elezione della nuova badessa. Era una monaca che ammiravo, era sempre cordiale e si prodigava nell'aiutare le nuove entrate. Fui quindi contenta di saperla al comando, e mi sembrava che il peggio fosse trascorso, ma non fu proprio così.

Due giorni dopo arrivò la notizia che la ex badessa era stata nominata vicaria dell'attuale. La mia gioia finì.

Per affrontare tutti questi avvenimenti, continuavo la mia arte di somatizzare. Un giorno mi ritrovai con un linfonodo gigante sotto l'ascella.

Mi prese uno spavento!

Da questo punto di vista era positivo abitare a Roma: i centri assistenza non mancavano. Feci, così, ecografie e analisi varie sotto il monitoraggio di una senologa. Nel corso di questa serie di accertamenti arrivò, a sorpresa, la nuova badessa. Proprio il giorno seguente avevo la visita. Lei mi accompagnò; poi, rientrate in monastero mi disse: «Hai due scelte, Veronica; lasciare l'ordine, oppure tornare in monastero entro fine settimana. Non tollererò un altro giorno di più la tua assenza dalla comunità».

«Ma devo fare i controlli ai linfonodi, lo hai sentito anche tu, mi hanno fissato gli appuntamenti.»

«Non m'interessa. O torni senza tante storie, oppure te ne vai. Sta anche per terminare il tuo periodo di prima professione, quindi posso buttarti tranquillamente fuori se non obbedissi!»

Mi stava crollando il mondo addosso. Avevo le mani legate e lei aveva il potere. Dovetti cedere anche se il primo e unico pensiero fu per padre Antonio. Sapevo che il tutto era la vendetta per il precedente incontro con la ex badessa, ma non potevo fare nulla. Dovetti tornare in convento.

Quel monastero era diventato ormai per me come una prigione. Decisi, così, che non avrei continuato l'avventura monastica!

Scrissi, in un batter di ciglia, la lettera con cui chiedevo alla madre generale di Roma di poter uscire definitivamente dall'ordine.

Madre generale,

è con profondo rammarico che scrivo queste righe, ma la vita in questo monastero mi risulta impossibile. So che la regola non mi consente di chiederle il trasferimento, quindi vorrei essere dispensata dal periodo di prima professione che ancora mi resta e poter tornare libera. Non ho intenzione di tornare dai miei genitori, almeno per ora. Quello che più mi preme è poter continuare il mio percorso psicologico con padre Antonio: poiché in monastero la possibilità mi è stato negata, lo farò in altro modo. Il periodo di noviziato a Roma, nella vostra comunità, è stato il più bello che ho vissuto in questi cinque anni, ma ora mi rendo conto che la vita claustrale non fa per me.

Attendo una sua risposta.

Suor Veronica

La replica fu pressoché immediata:

La tua domanda non trova possibilità di accoglimento allo stato attuale delle cose. Il tuo percorso di fede è lineare e privo di pregiudizi. Le motivazioni addotte non sono conciliabili con una rinuncia a essere sposa di Dio. Semmai valutabili per il trasferimento a una sede più consona alle tue caratteristiche interiori ed esteriori. Per il momento sarai ospitata nella comunità di Roma e io stessa seguirò direttamente la tua futura formazione.

Insomma, era avvenuta una cosa che io stessa non avevo previsto. La generale aveva respinto la mia richiesta. Secondo lei ero un'ottima monaca e lei stessa mi avrebbe seguita. Quindi mi inserì ufficialmente, anche se di regola non avrebbe potuto farlo, nella sua comunità di Roma.

## Capitolo terzo

Per molto tempo non rividi più padre Antonio, ma tornata ormai definitivamente a Roma chiesi e ottenni il permesso di poterlo chiamare di tanto in tanto.

Mantenni in questo modo, con la scusa del consiglio spirituale, il contatto psicologico che mi era ormai indispensabile e che tanto disturbava le monache perché era motivo di confronto, di crescita, di allenamento al ragionare, laddove l'impegno unico della persona doveva essere, esclusivamente, quello di obbedire.

In effetti la decisione della generale mi aveva molto sorpresa, mentre la sua stima mi aveva incoraggiata.

Entrai nella comunità di Roma, quella del mio primo anno di noviziato, in cui tanto mi ero sentita bene e che, paradossalmente, conoscevo così poco.

In effetti, da novizia, non avevo avuto molta opportunità di conoscere i membri effettivi del monastero.

Durante la ricreazione mi intrattenevo più spesso con le studentesse degli altri Paesi, anche perché, come da regola, le monache erano piuttosto schive con noi novizie.

Le appartenenti effettive della comunità erano nove. La più giovane, dopo di me, aveva superato i quarant'anni. All'epoca io ne avevo ventidue.

Il clima del monastero di Roma era assolutamente diverso rispetto a quello dell'altro convento e questo fu il motivo principale che mi convinse a fare ancora una prova rimandando la mia decisione. Trovandomi poi a Roma, sarebbe stato molto più facile riallacciare e mantenere i contatti con il mio amato padre Antonio.

In realtà non fu semplice come pensavo, comunque sia, così iniziò il periodo che definisco «seconda vita monastica».

Rinnovai per mia volontà e per altri tre anni la mia professione, ma questa volta posi come condizione quella di riprendere ufficialmente il mio nome di battesimo, in quanto questa seconda fase di vita monastica cominciava con una consapevolezza diversa: era Sofia, e solo lei, che poteva affrontare le sue paure!

La cerimonia per il rinnovo della professione fu molto intima, una semplice messa all'interno della chiesa del monastero. Nessun invitato, ma ottenni che fosse presente anche padre Antonio.

In questo periodo la candidata continua un cammino di seria formazione intellettuale, biblica e liturgica con dei corsi periodici di tre mesi ciascuno. Tali seminari sono una specie di trilogia, sempre diversa, per trattare gli aspetti più importanti della spiritualità, della liturgia e della Chiesa: Sacra Scrittura, teologia, spiritualità francescana.

La comunità che mi accoglieva doveva parte della sua forza alla diffusione della religione cattolica in Eritrea, missione a cui stava partecipando una monaca partita proprio da questo monastero. Così, costantemente, dall'Eritrea arrivavano rinforzi. Ne ero felice. Avevo, già dai tempi del noviziato, fatto amicizia con alcune sorelle eritree e questo mi aiutava molto. Mi appassionava la loro cultura e avevo anche cominciato a imparare il tigrino, la loro lingua ufficiale. Inoltre partecipavo alle loro feste. Specialmente il Capodanno era spettacolare: nel pomeriggio si preparava l'occorrente per fare un grande falò, mentre la sera, quando la luna era alta in cielo e le stelle contribuivano a creare un'atmosfera magica, si accendeva il fuoco che ognuna di noi, poi, doveva saltare per tre volte. Era un segno di benedizione, ma diventava un rito particolare se lo si pensava fatto da persone che indossavano una tonaca lunga fino ai piedi. In seguito, si faceva festa e si brindava.

Lo studentato internazionale era stato abolito dalla Congregazione perché ritenuto poco serio. Nonostante si cercassero strade per una maggiore apertura, la Chiesa, intesa come istituzione, sembrava aver paura di lasciare più respiro a quella che è chiamata «clausura papale».

In quel periodo fu pubblicato, inoltre, anche un documento dal titolo *Verbi Sponsa* che, se possibile, restringeva ancora di più le maglie delle grate claustrali. All'interno dell'ambito ecclesiastico la cosa ebbe notevole riverbero e provocò molti commenti negativi, ma nei fatti nessuna suora si ribellò più di tanto.

Spesso pensavo che si parlasse per fare spettacolo, ma poi si accettava sempre quello che decidevano gli altri, specie se cardinali. L'aspetto che più m'infastidiva era proprio il legiferare sulla clausura da parte di persone che non la vivevano. Le monache imparavano presto l'arte della sottomissione, stessa arte che giova nei rapporti con i confratelli frati.

Santa Chiara era una donna forte che non si lasciava certo intimorire da frati, cardinali o superiori. Le sue «figlie» erano, ormai, molto diverse e i frati sembravano valere di più persino della parola di Dio. Questo mi faceva davvero rabbia.

Così mi accingevo a vivere uno degli eventi peggiori della mia esperienza monastica.

Anche nel monastero di Roma si era giunti al momento dell'elezione della nuova badessa. La generale che mi aveva accolta aveva terminato il suo mandato.

Si celebrò, così, il capitolo elettivo nella piccola comunità di Roma: nove membri con voce attiva; ero io la sola a non poter ancora esprimere il proprio parere per la futura badessa. Sembra nulla, ma l'elezione di una superiora all'interno di un convento poteva cambiare radicalmente il clima della casa.

Il presidente dei capitoli è sempre un frate cappuccino se, come nel caso di Roma, il monastero è sotto la «custodia» del ramo maschile dello stesso ordine, e fino a quel giorno stimavo molto il frate che avrebbe presieduto tale importante incontro.

Dato che, comunque, non potevo ancora partecipare alla riunione, mi dedicai alla cucina.

Mi piaceva cucinare e sono sempre stata convinta che se uno mangia bene prega anche meglio. Questa mia convinzione a volte scatenava qualche rimprovero da parte delle altre che ergevano con onore la bandiera del digiuno inteso non solo e non tanto come assenza di cibo, ma come consumo di cibo semplice, senza particolare cura. Per me, invece, semplicità era in accordo con cura e, anzi, cucinare bene era, sempre dal mio punto di vista, un atto d'amore verso le altre monache.

Anche quel giorno feci del mio meglio per preparare il mio atto d'amore verso quelle persone che tanto stavano confrontandosi per il bene della comunità. Ma non ero sola. A farmi compagnia, infatti, vi era un'altra sorella che stava con noi come nuova maestra delle poche, due, novizie dell'ordine. Entrambe ci chiedevamo come sarebbe andata a finire, quale monaca sarebbe uscita da quella porta come nuova madre badessa. Per ogni nome facevamo delle ipotesi. Ci sarebbe piaciuta una scelta coraggiosa, ma sapevamo che le monache erano incapaci di farla. A un tratto balenò nella nostra mente un'ombra oscura: «E se eleggessero suor Alma?».

Suor Alma era quella che, con un eufemismo, si poteva definire una donna problematica. In realtà aveva delle turbe psichiche molto forti. Suonava insieme a me all'interno delle celebrazioni e anche attraverso la musica trasmetteva tutta la sua sofferenza.

«Pensa se eleggono suor Alma.»

«Stai scherzando? Non dirlo neanche per sogno! Sarebbe un vero disastro. Non può accadere una cosa simile, come potrebbero essere così sciocche da rovinare quel poco che resta della comunità? Con lei a capo la vita diventerebbe un inferno. Come può governare altri, qualcuno che non sa governare se stesso?»

«Hai ragione, ma il padre che presiede il capitolo non è al corrente della sua reale situazione psichica.»

«Bisogna essere come lei per non accorgersi che ha dei seri limiti.»

«Se dovesse accadere una cosa simile me ne andrei!»

Dopo pochi minuti da questo nostro scambio d'opinioni,

una monaca venne in cucina dicendo: «Questa volta c'è fumata bianca. Venite a salutare la nuova badessa».

«Veramente speravamo che saresti stata eletta tu.»

«Vi siete sbagliate. L'eletta è una persona completamente diversa.»

A me cominciarono a tremare le gambe. Quando arrivammo alla sala capitolare, la badessa uscente si alzò e disse solennemente: «Care sorelle, suor Alma è la nuova madre badessa per i prossimi tre anni».

Non so quale genere di forza m'impedì di svenire. Quella che ritenevo la più grande sciagura possibile era avvenuta. La nuova badessa era una malata psichica, non riuscivo a crederci. Doveva esserci un errore! Doveva essere uno scherzo. Eppure tutte andavano a baciare lei.

Se mai fosse stato possibile, divenni più bianca di quello che normalmente ero. Anch'io mi accostai per salutare la nuova eletta, ma non volevo crederci. Dentro di me era sceso il sipario, un velo nero di tristezza e rassegnazione. Come poteva essere accaduto? Non riuscivo a capacitarmene.

La nuova badessa decise che il «capitolo» sarebbe proseguito nel pomeriggio con l'elezione della vicaria e della consigliera, le altre due nomine più importanti, prima dell'economa, in un monastero.

Poco alla volta, le monache passarono dalla cucina facendo commenti, come fossero una scia di profumo poco gradevole e, così, anche la neoeletta.

«Ciao, Sofia!»

Questo era il modo con cui sempre si rivolgeva a me. Aveva un'espressione negli occhi che riusciva a gelare il sangue. Mi sentivo in un incubo da cui non riuscivo a svegliarmi, era atroce. Il mio cuore cominciò a battere a tale velocità che pensavo mi avrebbe colto un infarto. Era troppo, era davvero troppo. Dopo gli ultimi periodi nell'altro monastero, ero convinta di aver sofferto il soffribile, ma ora mi rendevo conto che il peggio era ancora tutto da gustare. Chi mi avrebbe dato la forza?

«Sei contenta, Sofia?»

«Cosa posso dire? Governare una comunità non credo sia facile.»

«Ma non mi fai gli auguri? Non sei contenta?»

«Auguri, madre. Ora dovremo chiamarti così.»

Quando si sentiva a disagio, si metteva un dito in bocca e, se poteva, se ne andava. Anche questa volta, fortunatamente, se ne andò. Davanti alle altre non avrebbe ribattuto, ma io sapevo che, prima o poi, mi avrebbe presa in disparte e sarebbe stato meno facile per me.

Il mio battito cardiaco, intanto, non accennava a placarsi. Da allora ho cominciato a soffrire di tachicardia.

Arrivato il momento del pranzo, tutte finsero di festeggiare, o forse ero solo io quella che si sforzava di fingere. Le monache devono imparare, e chi ha il carattere adeguato impara presto, a spiritualizzare ogni accadimento: se questa è la volontà di Dio siamo contente!

Questo era per me un altro grosso ostacolo. Ero incapace, anche dopo sette anni di vita claustrale, di dirmi, e tanto meno di credere a una frase del genere. Dall'analisi della Bibbia, avevo capito che Dio lascia tutta all'uomo la responsabilità di quanto accade; le nostre scelte quotidiane segnano il nostro destino. Sentire parlare, quindi, di accadimenti, specie se infausti, dettati dalla volontà di Dio, lo vivevo come una sorta di bestemmia. Per me quella elezione era solo un male da tutti i punti di vista e Dio non ne aveva proprio colpa.

Da parte mia cercai di adottare varie tecniche di sopravvivenza. Quella che mi sembrò subito più facilmente realizzabile, dato che i ponti con l'esterno sembravano essere stati tagliati tutti, fu rivolgermi alla biblista del nostro ordine. Conoscevo suor Stefania come persona dura, persino un po' cattiva, potrei osare, ma sapevo anche che la mia attuale superiora la venerava e Stefania usava l'altrui debolezza per i suoi piani. Ero a conoscenza, inoltre, che Stefania aveva un debole per le persone, specie se giovani e del suo ordine, che l'omaggiavano della loro obbedienza. Quindi decisi di scriverle iniziando quello che, con il tempo, si sarebbe dimostrato un gioco davvero pericoloso, per me.

Le mandai una lettera chiedendole di aiutarmi ad affrontare nel migliore dei modi la situazione che si era creata nel monastero. Lei vantava una lunga e profonda conoscenza di tutte le monache e, per ognuna, tesseva ampie critiche, quindi cercai di fare leva su questo.

Il mio progetto era chiedere la guida spirituale di suor Stefania in modo che la mia badessa, temendo la situazione, mi desse tregua. Come immaginavo, comunque, non mi stava sempre addosso. Nei miei confronti provava una sorta di odio-amore. Forse apprezzava le cose che facevo, ma io non le ho mai dato la confidenza che lei pretendeva. Non lo facevo nei suoi confronti come badessa così come non lo facevo quando era una semplice monaca. Ho sempre pensato che fosse una donna da curare più che da assecondare, ma, a volte, assecondare serve per comprare l'affetto e l'approvazione. Era invadente in tutto e questo non lo tolleravo. Ben presto aveva apprezzato il suo nuovo ruolo e lo faceva pesare. Se prima sapeva come condizionare la comunità con i suoi stati umorali, ora questa stessa arma era potenziata dal potere. Ai miei occhi era come una mina vagante.

Effettivamente mi aveva assegnato il compito di occuparmi delle celebrazioni liturgiche e ne ero stata contenta, ma c'era il trucco: dovevo suonare o cantare quello che lei decideva.

Questo era, per me, inaccettabile. Avevo bisogno, quindi, di proteggermi dietro qualcuno che le facesse paura.

«Madre, ho chiesto a suor Stefania di poter fare un cammino formativo sotto la sua direzione.»

Mi guardò dalla sua scrivania mettendosi il solito dito in bocca di quando si sentiva alle strette.

«E lei?»

«Ovviamente è disponibile, ma vuole che tu ne sia informata, quindi sono venuta a dirtelo.»

«Non credo sia una buona idea, ma non posso impedirtelo!»

«Hai ragione. Già mi proibite di andare da padre Antonio; se ora non posso neppure confrontarmi con una nostra consorella, per giunta formatrice, sarebbe il colmo.»

«Comunque non credo che la madre Antonella sarà d'accordo.»

«Ora sei tu la badessa, perché pensare ai commenti della ex badessa? Ne hai paura?»

«Assolutamente no. Dicevo solo per fartelo notare.»

«Grazie, ma ho preso la mia decisione!»

Questa volta aveva ragione lei, però. Lo avrei capito dopo, ma andiamo per ordine.

Cominciai, così, a intensificare i rapporti con suor Stefania: le raccontavo difficoltà e problemi, quasi unicamente relativi alla badessa. Mi aspettavo da lei consigli pratici su come muovermi senza danneggiarmi troppo. Intanto continuavo a sentire telefonicamente padre Antonio.

Dopo quasi un anno dall'elezione della nuova badessa, il mio corpo decise di farsi sentire in modo importante: stavo lavorando con un'altra consorella quando, all'improvviso, ebbi un capogiro fortissimo. Non riuscivo più a reggermi in piedi. Mi mancavano le forze e l'equilibrio. L'esaurimento aveva bussato alla mia porta.

Ero completamente scombussolata. Mi sentivo totalmente priva di energia e restai a letto per un po' di tempo. Mi sembrava che mi mancasse qualunque punto di riferimento. Mi sentivo disperata. Non governavo più il mio corpo, era come se si fosse irrimediabilmente separato da me.

Incominciai a fare visite mediche senza fine e senza senso. Fisiologicamente tutto in me era perfetto, eppure stavo malissimo.

Vicino al nostro monastero c'era una clinica dove prestava servizio un dottore che avevo conosciuto fin dai tempi del noviziato. Come medico di ospedale non avrebbe potuto prestare servizio a esterni, ma per noi monache c'era sempre e con me fu eccezionale.

Sapeva ascoltare, consigliare, era un vero amico.

Mi parlò molto chiaramente, la mia problematica era solo psicologica. Il mio fisico si stava ribellando a una vita che, forse, non era la mia.

Sapevo che aveva ragione, ma come fare?

Dopo anni mi ritrovai a capire che avevo sbagliato tutto, anche se ancora non lo volevo accettare. Rifiutavo l'idea di dover tornare indietro. Mancava ormai poco tempo alla mia professione perpetua. Ero convinta che terminato il cammino di formazione iniziale neppure una badessa bisbetica mi avrebbe creato problemi, così decisi di stringere i denti e andare avanti cercando di superare le mie psicosi. L'intenzione era buona, ma il mio fisico non voleva saperne. Per diverso tempo fui costretta a letto.

«Sofia bella, ma ti rendi conto che il tuo corpo ti sta dicendo che è stufo?»

«Lo so, dottore! Uscire, in questo momento, per me sarebbe più complicato che restare. Anche solo il pensarci mi spaventa. So che lei ha ragione. Capisco bene di aver sbagliato, ma non riesco a pensare a una vita diversa, almeno per adesso.»

«La decisione spetta a te, però ricordati che se decidi di restare devi farlo nel modo giusto. Io non sono certo qui per dirti di uscire dal monastero o altro, ma voglio che tu stia bene. Se in questo momento ti sembra di non poter fare altro, resta pure, ma senza procurarti dolore. Prova a cambiare prospettiva, altrimenti farai solo del male a te stessa e nessuno ti potrà aiutare.»

Già, il dottore aveva ragione. Ero davvero a un bivio, eppure mi mancava anche la forza per reagire. Nel frattempo in comunità c'era il caos più totale e si avvicinava anche la data della mia professione religiosa. Anche questo piccolo particolare contribuiva non poco a mettermi in subbuglio.

Continuavo a fare le mie visite ed esami senza fine, per trovare la causa misteriosa di un altrettanto misterioso malessere. Così mi decisi ad andare dal mio medico della mutua.

«Buongiorno, dottore. Sono venuta a chiederle aiuto perché ho l'esaurimento.»

«Ma cosa dice, sorella? Sono sicuro che non si tratta di esaurimento.»

«Dottore, sono sana a livello strutturale, eppure non riesco a stare in piedi. Mi spaventa tutto, anche solo al pensare qualcosa mi sento male. Ho paura a camminare per strada e ad alzarmi dal letto.»

A sentire queste parole si convinse e mi prescrisse una bella droga chiamata psicofarmaco. Certo, leggero, e dovevo prenderne solo poche gocce al giorno. I primi tempi era fantastico. In un attimo tutti i fastidiosi sintomi sparirono, ma presto mi accorsi di quanto davvero fosse una droga. Letto il foglietto illustrativo decisi di smettere senza consultare nessuno. Era inaccettabile per me il pensiero di dover far uso di tali sostanze. Ma il mio fisico, che era già abituato a demandare tutto il lavoro ad altri, venendogli a mancare la magica sostanza cadde in una condizione peggiore della precedente. Fui costretta a riprendere la medicina, anche se a malincuore. Ero certa che se mi avessero fatto terminare l'itinerario di psicoterapia sarei stata bene. Non volevo farmi ancora più male chiedendo ciò che non mi sarebbe stato concesso, quindi scelsi di ripiegare su un'altra soluzione. Decisi invece di cercare l'appoggio della psicologa che seguiva le nuove professe durante i corsi di formazione. Sapevo che la scelta sarebbe stata poco felice in quanto lei era molto amica della mia ex badessa, e quindi tutto quello che sarebbe uscito dai nostri incontri sarebbe stato riportato alle orecchie di altre; eppure mi sembrava potesse essere un metodo per dire ad alcune monache le cose che pensavo senza farlo di persona. Così cominciai gli incontri settimanali. Era lei che veniva in monastero, anche per questo aveva maggior possibilità di parlare con le monache più «influenti».

Rimasi delusa quando la badessa mi convocò un giorno per dirmi: «Sai, ho parlato con la psicologa e lei mi ha detto che stai benissimo e non hai alcun bisogno di avere sistematici colloqui con lei. Sofia, devi anche capire che costa una psicologa».

«Costa, certo! Chissà se è più importante la mia salute o i soldi che vi faccio perdere! Padre Antonio non vi ha mai chiesto nulla per i nostri incontri, eppure mi avete vietato anche quello.»

«Non sono stata io a vietartelo. Se fossi stata io la badessa, non lo avrei mai fatto.»

«Bene! Mi fa piacere sentirlo. Ora sei tu la badessa, permettimelo!»

«Be', ma come faccio? Cosa direbbero le altre monache? Se permetto a te di uscire sistematicamente dovrei permetterlo anche alle altre. Dove andrebbe a finire la clausura?»

«Mi pare che per motivi di salute non ci sia clausura che tenga.»

«Dovresti avere la richiesta del medico, ma non te l'ha mai fatta.»

«Provvederò, madre!»

Non ci pensai due volte e andai dal medico.

«Dottore, le chiedo di farmi una richiesta ufficiale per accompagnamento psicologico.»

«Solitamente chi lo chiede non ne ha bisogno, cara sorella.»

«Grazie, ma io ne ho tanto bisogno, pur chiedendolo. Per favore!»

Tornai trionfante.

«Cara madre, ecco la richiesta del medico per l'accompagnamento psicologico. Ora non puoi più negarmelo.»

Ripresi così, più o meno ufficialmente, ciò che avevo interrotto tempo prima.

## Capitolo quarto

Quando mi ritrovavo nella cella i miei pensieri erano diversi, ma mai «sexy». Penso di essere stata una ragazza strafelice del voto di castità, poiché collegavo ancora troppo l'idea di uomo con la figura di un certo tipo di persona, quindi meglio senza! L'unica cosa che mi pesava era sentir parlare di Dio, o di Cristo, come uno sposo. Lo trovavo stucchevole, ridicolo, falso, e dicevo che lo sposo dovrebbe abbracciare la sposa nei momenti più tristi, farle sentire il calore dell'amore, mentre in monastero si sente solo il freddo delle mura. Quando c'erano i periodi di peggiori penitenze, anche corporali, non vedevo l'ora che venisse sera per ritirarmi in cella.

Per la verità c'era anche una penitenza che gradivo abbastanza: quella del cibo. Francamente, preferivo i giorni di digiuno perché il mangiare monastico era poco entusiasmante!

Nel primo monastero la mentalità era abbastanza chiusa e le penitenze corporali erano piuttosto pesanti. Tre giorni a settimana, per dieci minuti, e sono tanti, si praticava una penitenza chiamata «disciplina»: ogni monaca aveva uno strumento di ferro con delle punte che doveva battersi sulle natiche. D'inverno c'era talmente freddo che neppure sentivi tanto il dolore, ma d'estate era un tormento. C'erano poi dei giorni particolari chiamati «vigilie», erano quelli che precedevano le grandi feste liturgiche come l'Immacolata, San Francesco,

Santa Chiara, Natale, ovviamente la Pasqua e le feste di alcuni santi tra cui anche santa Veronica, ovviamente.

In quei giorni la vita mi risultava un po' più pesante. Oltre alla disciplina, c'era un'altra pratica penitenziale simile: tutte ci si ritrovava nel chiostro del monastero con in mano un altro strumento di ferro che terminava con placche arrotondate ma massicce. Recitando alcune preghiere si faceva il giro del chiostro battendosi lo strumento sulle spalle. Anche questa pratica era meno dolorosa d'inverno perché le tonache erano di lana spessa, mentre d'estate faceva veramente male. Una volta finito, ciascuna monaca prendeva una croce, se la caricava sulle spalle e si ricominciava il giro. La croce non era molto grande ma era di legno massiccio e pesava alquanto. Un altro giorno in cui si facevano penitenze particolari era il giovedì grasso. In quell'occasione si dovevano espiare tutti i peccati commessi nel mondo. Durante i secoli, specialmente nel periodo settecentesco, la Chiesa e la teologia davano grande enfasi alla teoria dell'espiazione da parte dei religiosi dei peccati degli altri. Io sono sempre stata abbastanza dubbiosa al riguardo. Mi risultava difficile credere che Dio gradisse la sofferenza di qualcuno per perdonare qualcun altro. Quando manifestavo tale obiezione alla mia formatrice mi sentivo rispondere: «La missione di Gesù è stata proprio questa: morire per i nostri peccati. Quindi anche noi, che indossiamo questi abiti, che abbiamo preso i voti, che vogliamo uniformarci a Cristo, dobbiamo seguire la sua stessa strada».

«Ma se Gesù è morto è anche risorto. Possiamo anche credere che il suo sacrificio fosse servito per espiare i nostri peccati, ma allora dovrebbero essere già espiati. Se diciamo il contrario vuol dire che Lui ha compiuto un'opera a metà.»

«Hai scelto di sposare un crocifisso, non il Risorto. Il dolore è condizione imprescindibile per arrivare a un'autentica vita cristiana e santificarci, essere degni del paradiso.»

«Eppure sul Vangelo c'è scritto amatevi gli uni gli altri come io ho amato voi, non soffrite come io ho sofferto. Che senso ha un Dio che ha bisogno della sofferenza dell'uomo? Allora è come le divinità pagane a cui si offrivano sacrifici umani, dove finisce tutto l'insegnamento biblico?»

«San Paolo scrive: "Completo nella mia carne ciò che manca ai patimenti di Cristo, in favore del suo Corpo che è la Chiesa". Mettiamo in dubbio anche la parola di Dio, a questo punto?»

«Non ho intenzione di mettere in dubbio la parola di Dio, ma sono convinta che ci sia un'interpretazione più corretta. Volendo analizzare san Paolo, i suoi scritti e quanto è scritto su di lui negli Atti degli Apostoli, mi verrebbe da pensare che fosse un pochino estremista nelle sue posizioni. Poi c'è da considerare che lui parlava in un'epoca di martiri, quando l'impero romano era ancora una potenza indiscussa che giocava come voleva, ora la realtà è un po' diversa.»

«Ma la parola di Dio è immutabile, cara suor Veronica. È inutile che fai dei discorsi per giustificare il fatto di non voler soffrire o di non voler sottoporti a determinate discipline. Questa è la vita monastica, se non ti piace puoi cambiare, nessuno ti obbliga.»

Queste frasi erano segno che avevo messo la formatrice al muro. Ero certa che fosse abbastanza intelligente per capire che poteva ragionare sulle pratiche e le tradizioni, che la società e la teologia erano un po' diverse dai secoli passati, eppure lo schema comodo del «si è sempre fatto così» sembrava essere più forte di qualunque altra luce o riflessione. Questo mi faceva quasi star male.

Consumavo molte energie in dialoghi che sembravano strade senza uscita. Era tutto già stabilito da chi, comunque, non voleva cambiasse nulla. In fondo, ora, le capisco. Il cambiamento è sempre inquietante, aprire nuovi orizzonti richiede una grande forza interiore altrimenti si rischia di perdersi senza riuscire più a ritrovarsi.

La vita nei monasteri dipende molto dall'ambiente sociale in cui nascono e dalla stessa configurazione strutturale che hanno.

La realtà monastica di Roma era completamente diversa dal mio primo monastero. Se la monaca aveva bisogno del medico usciva e vi andava.

Roma e i romani non avevano una grande considerazione del mondo monastico. Tendenzialmente la cittadinanza era talmente infastidita dal Vaticano, reo di bloccare regolarmente il traffico tutti i mercoledì, che non voleva nemmeno sentir parlare delle monache.

Tutto ciò si ripercuoteva anche a livello interno, ovviamente!

Questa diversità geografica e socioculturale, forma, di fatto, anche la mentalità interna di una comunità monastica: in una zona come Roma si creavano bisogni ed esigenze che in una piccola cittadina neppure si immaginavano, e questo risultava difficile da capire nell'ambito dell'ordine religioso e tra le stesse monache.

Nel monastero di Roma la monaca era libera di lavarsi come e quando voleva senza chiedere permesso a nessuno. Ogni corridoio aveva quattro o cinque bagni con doccia, c'erano acqua calda e riscaldamento, luce e ogni altro normale comfort di una casa, contrariamente al primo monastero dove, addirittura, la poca cura del corpo era considerata come buona pratica penitenziale. La doccia per esempio si poteva fare solo una volta a settimana dopo aver chiesto il permesso alla madre badessa.

Uno dei divieti monastici che mi pesava infinitamente era quello che regolava i rapporti epistolari con il mondo esterno.

Per inviare lettere dovevi avere il permesso della badessa, la quale prima di consegnarti quelle in arrivo era libera di poterle aprire e leggere; se mai ti fosse arrivato qualcosa, poteva anche decidere di non dartelo.

Sinceramente, cominciavo a odiare tutto il sistema e sono convinta che fu per questo che il mio fisico sviluppò una fortissima allergia al nickel.

Ogni parte di me stava urlando, ma non avevo ancora la forza di liberarmi andare!

Uno degli aspetti che mi ha sempre molto affascinata della vita monastica è quello di porsi al servizio degli altri concedendosi loro nel modo più autentico e gratuito. La sicurezza di avere comunque tempo da dedicare agli altri perché non si ha l'assillo del lavoro o altro pone le monache in posizione privilegiata e le persone sanno che, teoricamente, bussando a quella porta troveranno sempre qualcuno pronto ad ascoltarle.

Questo era il mio grande ideale di vita monastica anche se poi, concretamente, la realtà è sempre diversa dalle aspirazioni più alte.

Di fatto si guarda alle monache, e così ai monaci, come a persone pronte all'ascolto, aperte e disponibili, e forse anche meno giudicanti del confessore che, in un certo senso, era ed è visto come una sorta di giudice che deve assolverti o meno.

La monaca non ha mai potuto assolvere né confessare nessuno, ma può essere grembo per infiniti cuori che cercano conforto, speranza o, più semplicemente, un orecchio attento, aperto, libero.

Chi si accosta, però, a un monastero di clausura, troverà una grata ad accoglierlo, prima di tutto. La monaca che comparirà per dialogare con lui sarà al di là della grata stessa, quindi limitata a livello fisico e anche a livello di tempo materiale da poter dedicare all'interlocutore, dato che nessuna visita può esimere la monaca dall'andare in coro, insieme all'intera comunità, nell'orario stabilito.

Ci sono, poi, due periodi dell'anno, l'avvento e la quaresima, in cui le monache non possono ricevere né visite né telefonate e, in passato, neppure la posta! Quest'ultimo aspetto, oggi, varia secondo le regole che vigono in ogni singola comunità. I periodi di più stretto isolamento dovrebbero aiutare la monaca a vivere dei momenti di preghiera e studio più intensi, così da essere anche più pronta all'incontro con gli altri.

Purtroppo, secondo me, sia nel periodo della prima formazione che nell'arco dell'intera vita monastica, questo servizio di ascolto per gli altri viene quasi completamente disatteso e si finisce per ricevere solo qualche amico o parente e, ovviamente, i genitori, non più di tre, quattro volte all'anno, per chi li ha ancora.

Sarebbe stato bello se le monache avessero potuto essere davvero delle spiagge d'approdo per molti naufraghi della vita e della fede, porti sicuri in cui trovare anche chiarimenti e consolazioni che spesso sono dati per scontati. Per arrivare a questo però sarebbe stato necessario dare più importanza a un autentico cammino interiore della persona.

L'integrità psicospirituale di una persona è importante. Potrà sembrare strano, ma più della metà delle spese di un monastero viene assorbito dalla voce «medicine».

I conventi pullulano di ipocondriaci o, come le definivo io, «persone interrotte». Dopo anni trascorsi dietro una grata, nella disciplina più sterile e nelle rinunce più diverse, la natura esplode. La conflittualità con l'ambiente che dobbiamo sopportare si ripercuote a livello fisico, dando origine alle più diverse forme psicopatologiche oggi conosciute.

Da quando ero entrata in monastero avevo fatto, diverse volte, i conti con malattie piuttosto serie e dolorose, che hanno portato diverse vite a spegnersi.

Un tempo, le monache di clausura non potevano essere toccate neppure dai dottori, e anche io ho conosciuto consorelle assolutamente contrarie al ricovero. L'ambiente del primo monastero era molto ambivalente a questo riguardo. Da un lato avevamo un medico di base che veniva in monastero ogni volta che occorreva, assolutamente disponibile e discreto. La monaca veniva visitata alla presenza della madre badessa, mai spogliata completamente e, se soffriva di disturbi a utero, ovaie e vescica, era un problema trovare una possibile cura. Era come se si pensasse che per una monaca, ammalarsi in determinate zone del corpo, fosse quasi una colpa. D'altra parte, quando si riusciva a convincere la monaca a ricoverarsi era quasi sempre perché prossima alla morte.

A peggiorare le cose interveniva un'altra convinzione: la malattia poteva essere voluta da Dio per la santificazione delle sue creature. Concetto contro cui ho sempre energicamente lottato.

Piccole idee ossessive dominavano le menti di che era in clausura. A furia di tenere il corpo dietro una grata, il cervello sembrava rimpicciolirsi ogni giorno di più, per riuscire a stare nei quadratini prescritti. Ricordo che, in noviziato, a Roma, avevamo preso l'abitudine di misurarci ogni giorno la circonferenza della testa per vedere se si rimpicciolisse anche l'esterno oltre che l'interno!

# Capitolo quinto

Facevo e faccio parte della classe fortunata di coloro che, ancora in fasce, avevano già conosciuto tre papi: Paolo VI; Giovanni Paolo I e Giovanni Paolo II.

Il papa era considerato la divinità indiscussa del mondo cattolico; capo di Stato e uomo di fede, era, dai primordi dell'epoca costantinopolitana, la guida indiscussa e infallibile del popolo cattolico.

Nel corso dei secoli la storia è stata impietosa riguardo ai vari pontefici, fino a quando è arrivato il grande Giovanni XXIII che era soprannominato «il papa buono». Spesso capita che i pontefici eletti in previsione di un breve mandato, come nel caso specifico di Giovanni XXIII, siano poi quelli più incisivi nella storia della Chiesa. Questo papa riformò davvero l'assetto ecclesiastico: aprì il Concilio Vaticano II e ridonò alla figura del pontefice tutto il suo più genuino lato umano.

Se Giovanni Paolo II poté tanto, durante il suo pontificato, fu proprio grazie a quanto fece il suo predecessore. Dopo la ieratica e tormentata figura di Pio XII, Giovanni XXIII era la speranza rinnovata del cattolicesimo.

La mia generazione emise il suo primo vagito con questo grande pontefice; poi ha vissuto tre lustri con Paolo VI, un mese con Giovanni Paolo I, e i successivi ventisette anni con Giovanni Paolo II.

Nonostante tutto l'impegno del grande Giovanni XXIII, in monastero il papa è ancora considerato Dio.

Purtroppo basta che uno sia sacerdote perché venga rivestito di un alone mistico che, secondo me, danneggia tanto il sacerdote quanto i fedeli. Sembra che le parole di un qualunque prete siano più importanti del Vangelo, anche se disquisisce su argomenti che conosce poco.

La figura del papa, comunque, continua a restare inarrivabile, soprattutto per le monache di clausura a cui non è concesso di poter assistere di persona a una celebrazione in Vaticano o a un'udienza del mercoledì.

Il momento della fumata bianca è molto emozionante; da monaca ho vissuto l'elezione di Benedetto XVI e quella dell'attuale papa Francesco.

Durante il periodo del conclave si fanno tutte previsioni più o meno fauste e, quando si annuncia fumata bianca, si aspetta trepidanti davanti allo schermo della televisione per sapere chi ha scommesso giusto e cosa potrà significare. In effetti il primo saluto che il neoeletto porge al popolo è, di fatto, il migliore biglietto da visita che porge ai fedeli e il nome che sceglie deve rispecchiare l'impronta che vorrà dare al suo mandato.

Giovanni Paolo II si presentò al mondo come il papa arrivato dall'Est che era, all'epoca, una zona del mondo poco conosciuta e considerata dal mondo cattolico. Si affacciò dal balcone di San Pietro pieno di entusiasmo, trasmettendo subito la sua inclinazione all'andare verso i fedeli, il mondo, il dialogo interreligioso e la sua terra che, da quel momento, avrebbe conosciuto un'era di grande sviluppo e apertura.

Era l'uomo che smuoveva le folle, che amava i giovani e riusciva a coinvolgerli. Subì un attentato pubblico, e fu anche il papa dei gesti clamorosi. Come le visite al suo attentatore e il suo stare in ospedale come un qualunque malato. Forse sarebbe stato gradito anche il grandioso gesto di rendere davvero pubblico quanto si nascondeva sotto tale attentato, ma per questo occorrerebbe scrivere un libro a parte.

Spesso, però, succede che, come dice il proverbio: «Non temo il pontefice, ma il suo segretario».

Il mondo del Vaticano è il cuore della diplomazia da palazzo. Ogni parola deve essere minuziosamente pesata, pensata, posizionata nel giusto modo al momento giusto e, cosa ben più importante, bisogna avere delle buone conoscenze se si vuole ottenere anche il minimo.

Con Giovanni Paolo II, uno dei più lunghi pontificati della storia ecclesiale, il segretario era un personaggio di grande rilievo nel bene e nel male, potremmo dire. Si sentivano diverse voci a suo riguardo, sembrava che fosse, persino, in grado di «mettere una buona parola» sulle nomine di taluni candidati episcopali piuttosto che altri. Voci di corridoio, ma voci ricorrenti.

Un pontificato così lungo può avere anche i suoi lati poco luminosi; il potere è potere anche quando si è vestiti di bianco!

Sembrava essere diventato uno strumento di potere emotivo governato dalle abili mani di non si sa bene chi, dato che era evidente quanto fosse impossibile che lui riuscisse a gestire ancora qualcosa del pontificato.

Visto da dietro le grate, il pontificato di Giovanni Paolo II è stato troppo rivolto all'esterno, alle folle, a una pastorale di massa e poco attento a ciò che accadeva all'interno delle mura vaticane.

Poco attento a fare in modo che le importanti spinte, in campo teologico e sociale date dal Concilio venissero di fatto attuate nelle diocesi.

Davvero poco sensibile per quanto riguarda la clausura. Esprimeva pubblicamente grande apprezzamento per il ruolo della donna all'interno della chiesa, ma nel concreto, proprio durante il suo pontificato, la congregazione per i religiosi diede un inaspettato e duro giro di vite a tutti i monasteri di clausura, con il documento *Verbi Sponsa*.

Già da tempo, diversi ordini di clausura femminile stavano lavorando per riuscire ad avere più possibilità formative e umane. Il sopracitato documento, se può essere possibile, rendeva la clausura papale più dura di quanto già non fosse. Invitava, infatti, a evitare l'uso di televisioni o computer e impediva corsi di formazione al di fuori delle mura conventuali.

In realtà questo documento fu una vera delusione per molti in quanto si sperava in qualcosa di totalmente diverso, in una maggiore apertura.

Giovanni Paolo II parlava molto di rinnovamento, di potenzialità, eppure non in tutti i campi fu così.

Spesso si pensa che sia un papa a determinare il concreto andamento della cattolicità nel mondo, nelle parrocchie e nelle istituzioni religiose; la realtà è un po' diversa, purtroppo. Ogni settore della chiesa è coordinato da un piccolo collegio di prelati facenti riferimento a un cardinale preposto. A volte il papa non ha neppure ben presente quanto avviene, concretamente, in ciascun dicastero, e questo può portare a situazioni poco piacevoli.

Molto spesso avevo l'impressione che preti e predicatori venissero a farci tanti bei discorsi sulla vita monastica solo per darci un contentino al cuore, evitando di affrontare realmente le questioni più delicate che si vivono al di là delle grate.

Un altro indiscusso merito di Giovanni Paolo II è stato quello d'incrementare il dialogo tra le diverse confessioni religiose. Fortunatamente, nell'ambiente di Roma questo era un tema sentito ed era consuetudine anche dei monasteri organizzare, nella settimana ecumenica, incontri liturgici e formativi con rappresentati di varie confessioni. Era un momento magico, quello che amavo di più nell'anno.

A me e a poche altre sarebbe piaciuto che tali incontri potessero allargarsi anche a tutto il ciclo dell'anno, ma questo non sembrava positivo per le anime troppo osservanti e, di fatto, neppure la Chiesa come istituzione lo gradiva.

Un passo importante, però, è stato fatto: i vescovi, infatti, ora sono considerati esseri umani normali che non necessitano del bacio all'anello come saluto.

Durante la mia vita monastica non ho mai avuto occasione di ricevere una visita del papa al monastero, anche se Giovanni Paolo II era stato, nel primo periodo di pontificato, a far visita a tutti i monasteri romani. Per quanto sentivo raccontare dalle mie consorelle, non doveva essere stata comunque una visita speciale. Il papa era, ovviamente, super scortato e le suore, pur avendolo in chiesa, dovevano tenersi a debita distanza. Era, infatti, la madre badessa a parlare a nome di tutte e lui recitava le solite frasi che le monache sentono dai pulpiti.

Il monastero restava blindato e isolato per tutto il giorno in cui era prevista la visita del pontefice; anche la strada veniva chiusa al traffico.

Arrivava come un vero boss. Entrato in monastero, le suore dovevano stare debitamente ai loro posti, aspettando che il cerimoniere desse segno al papa di passare da ciascuna monaca per farsi baciare l'anello. A ciascuna di loro sarebbe toccato un rosario come regalo e il perenne ricordo dell'evento che avrebbe portato in cuore per la vita.

La percezione era quindi che le parole del papa, tanto belle e grandiose, restassero, comunque, pura raffinata oratoria staccata dalla realtà concreta.

La morte di Giovanni Paolo II fu un evento, ma tanto più lo fu il conclave successivo, la cui fumata bianca incoronò Benedetto XVI. Un papa teologo.

Venne eletto il 19 aprile del 2005. Decisi di scrivergli perché avevo appena ricordato i miei primi dieci anni di vita monastica. Mi rispose con un impersonale biglietto ciclostilato con firma prestampata!

Ci si aspettava molto da lui sia per la sua preparazione teologica sia perché, di fatto, era stato il protagonista dottrinale del pontificato precedente e, quindi, conosceva bene i giochi di palazzo e si pensava che avrebbe saputo intervenire oculatamente in situazioni delicate.

La sua anima, però, era quella di uno studioso musicista, più che di un diplomatico da battaglia. Appena eletto pontefice gli tolsero le sue due passioni, il gatto e il pianoforte. Strano a dirsi, ma pare che gli animali siano poco graditi all'interno della casa pontificia.

Nelle nomine per i suoi collaboratori compì qualche passo falso inimicandosi le persone sbagliate, e così il suo mandato cominciò a costellarsi di piccole gaffe, fughe di notizie e giochi di palazzo, più o meno pesanti, che lo portarono alla decisione di dimettersi. Per gli spiriti innovativi, tale scelta fu una vera conquista. Bisogna, comunque, riconoscere a Ratzinger l'indiscusso merito di aver fatto una scelta assolutamente coraggiosa e profetica: primo papa dal Quattrocento a dimettersi, dando, con un solo gesto, una spinta di riforma ecclesiastica incredibile e mettendo in evidenza quanto il pontificato sia un ruolo che può finire come qualunque altro. Come ogni altro capo di Stato anche il papa può dare le dimissioni, spezzando l'alone di divinità che, da tempi immemorabili, aveva sempre circondato la figura papale.

«Il papa, Sofia! Il papa si è dimesso! È una cosa terribile!» disse una delle mie consorelle, aggiungendo: «Piano piano, i segreti di Fatima si stanno avverando. Lo aveva detto, la Madonna, che la Chiesa avrebbe subito degli sconvolgimenti, che ci sarebbero stati dei cataclismi e che, se non si redimevano gli uomini di Chiesa, questa sarebbe scomparsa. Guardate ora! Il papa si dimette! È una cosa terribile!».

«Guarda un po'!» intervenne divertita la madre generale. «Proprio Ratzinger che aveva mantenuto segreti i cosiddetti segreti di Fatima, ora ne fa parte. Divertente!» Si rivolse, poi, a me con quel suo tono sarcastico che sempre la caratterizzava. «Era ora che si decidesse a dare le dimissioni. Non poteva fare altro con tutto quello che è venuto fuori. I suoi vent'anni a fianco di Giovanni Paolo II li sta pagando anche lui solo per aver voluto fare il furbo nelle nomine. Peccato che lui è uno studioso, non un furbo!»

«Non dire così, madre! Il pontificato non si deve mai abbandonare. Il papa è rappresentante di Dio in terra. Forse Dio si dimette?»

«Cara Crocefissa, la realtà teologica del dopo Concilio è un po' diversa. Ormai nessuno considera più il papa una divinità. È una persona fallibile come ogni altro e, semmai, da sempre, fin dagli albori del cattolicesimo, il papa era considerato infallibile solo quando parlava come rappresentante del collegio cardinalizio, non quando doveva difendere le sue personali posizioni. Un tempo non si dimettevano per questioni politiche, anche se, a ben guardare, ora anche i politici vengono vivamente invitati ad andare fuori dai piedi!»

Dicendo questo mi guardava come per cercare un cenno di approvazione.

«Voi dite pure quello che volete, ma che un papa vada in pensione è un brutto segno. Dio vuole punirci e non so quanto andremo ancora avanti.»

«Be', certo che dipende da chi eleggeranno dopo. Speriamo che lo Spirito Santo faccia una scappata in Vaticano, altrimenti siamo rovinati davvero. Non per le dimissioni di Ratzinger, ma per il suo successore. Il Signore ci liberi dagli italiani, per esempio.»

«Secondo me, invece, le dimissioni di Ratzinger sono il gesto che più lo avvicinerà alla gente. Dopo Giovanni Paolo II l'onere del pontificato era troppo per uno studioso come lui. Il suo mondo è la teologia, non i giochi di palazzo.»

«Poveretto! I giochi li hanno fatti tutti a lui, altro che storie.»

Le dimissioni di Ratzinger, comunque, furono un buon inizio e fu apprezzato per questo, non solo tra gli «addetti ai lavori» ma anche in ambito sociale. Rimarrà sempre questo il gesto che forse lo avvicinò di più al popolo.

Peccato che continui a vivere in Vaticano, vestendo di bianco e facendosi chiamare «papa emerito».

Questo, per me, crea confusione nelle persone ed è un po' imbarazzante. Succede che i più fanatici, che poco hanno accolto il suo gesto dimissionario, continuino a chiamarlo papa a discapito dell'attuale pontefice. Sarebbe stato gesto molto più apprezzabile se avesse smesso l'abito bianco per tornare a quello cardinalizio, pur continuando a vivere in Vaticano.

Insomma, gesti profetici ma non troppo. Voglia di cambiare da un lato, troppa paura di farlo dall'altro. Paura di perdere qualcosa?

Paura del nuovo?

Paura di mettersi troppo in gioco?

Paura di pagare di persona?

Quante volte questi interrogativi hanno fatto da lente al mio guardare la gerarchia ecclesiastica!

Il problema principale della Chiesa cattolica è quello di voler essere «da prima della classe», sempre e comunque migliore degli altri. È il suo errore principale che porta avanti dall'epoca di Costantino, dal 313 d.C., ossia quando fu proclamata Chiesa dell'impero.

Oggi pare che sia sorto un pontefice davvero rivoluzionario con il coraggio di affermare che nessuno, neppure lui, può giudicare il prossimo e ritenersi migliore degli altri.

Che bella emozione la fumata bianca per papa Francesco!

Era stato un conclave molto temuto. Si paventava l'idea che potesse salire al soglio pontificio qualcuno che avrebbe ancor più monopolizzato la fede, anziché liberarla da giudizi e pregiudizi. Invece è arrivato Bergoglio.

Quando il neoeletto si affaccia al balcone della cappella Sistina deve già aver scelto il nome perché venga annunciato dal cardinale preposto. Deve aver indossato l'abito, una particolare mantella molto elegante e una croce pettorale degna del ruolo che ha appena accettato. Mantellina e croce gli vengono offerte dal liturgista che lo accompagnerà al balcone. Anche questa prima breve presentazione al popolo viene vissuta come un rito solenne.

Bergoglio, pur celebrando il rito, fece ogni gesto con spontaneità, si tolse, subito, la ricca mantellina e, davanti al cerimoniere, che gli porgeva la croce d'oro, disse: «Questa se la metta lei!».

Il cerimoniere ci rimase un po' male e le monache, seguendo l'evento alla televisione, esclamarono: «Ma come lo fanno uscire 'sto povero papa!».

Un'altra grande differenza tra papa Francesco e i suoi due predecessori: Giovanni Paolo II amava le cerimonie sfarzose, di grande impatto; Ratzinger era un uomo di tradizione, infatti indossava persino abiti liturgici in stile settecentesco. Bergoglio, invece, ha voluto continuare a essere se stesso; ha cambiato il colore dell'abito, ma non per questo ha voluto sembrare più ricco.

Un altro gesto clamoroso d'inizio pontificato è stata la decisione, pure questa storica, di vivere al di fuori delle mura vaticane propriamente dette. Papa Francesco, infatti, ha preferito continuare a vivere dove aveva vissuto fino a quel momento, ospite di un cardinale. Certo, visto dalla prospettiva delle forze dell'ordine, questa non dev'essere stata una scelta molto felice: se qualcosa capita in Vaticano è problema di quello Stato, ma se capita appena fuori le mura, la questione si complica un po'.

Papa Francesco ha cercato, e cerca, di portare avanti un rinnovamento che vada oltre le parole. Un rinnovamento fatto di gesti concreti nella vita attuale di ogni parrocchia, anche se il muro di ferro che gli oppongono certi vescovi e cardinali, questo sì, è peggiore della morte.

Il papa è capo nominale della cattolicità.

In realtà le grandi decisioni in materia di fede, morale e teologia sono discusse e approvate, o meno, dall'intero collegio cardinalizio che raccoglie tutti i cardinali del mondo. Sono i cosiddetti Concili, fin troppo rari e, una volta conclusi, quasi sconosciuti ai più. Che venga eletto un papa dalla mentalità aperta è un segno di grande speranza, ma rimane sempre l'impossibilità a operare di sua sola coscienza.

Il mondo, le altre confessioni cristiane e di fede, da tempo guardano, con interesse, alla figura del papa per capire a quale approdo giungerà la barca del cattolicesimo, ma le resistenze interne sono ancora troppo forti, il potere continua a piacere molto alle alte cariche della Chiesa, e anche a quelle non troppo alte.

## Capitolo sesto

Il corpo delle guardie svizzere è una fetta considerevole degli abitanti della Città del Vaticano.

Prestano servizio ventiquattro ore al giorno sia nei posti di blocco all'ingresso delle mura leonine, come pure all'interno della basilica, ai musei vaticani e all'interno del palazzo apostolico.

Un aspetto della rigida disciplina delle guardie svizzere è proprio il loro silenzio costante, che può essere rotto solo per motivi molto importanti. Somiglia, in questo, alla disciplina monastica.

Ogni notte una guardia svizzera doveva piantonare la porta della camera da letto del pontefice. A tal proposito è passato alla storia il gesto di Giovanni XXIII che una notte aprì la porta della sua stanza e si trovò davanti un ragazzo in divisa e sull'attenti, al quale disse: «Figliolo, tu sei giovane e hai bisogno di dormire, io sono anziano e non ho bisogno di sentire passeggiare dietro la mia porta. Se vai a letto fai un piacere a entrambi». Dato che il poveretto non poteva muoversi il papa continuò: «Fino a prova contraria sulla vostra bandiera ora campeggia il mio simbolo, sono io il regnante e io do gli ordini. Vai a dormire!».

Così terminò la tradizione della guardia notturna alla porta del papa. Chissà se Giovanni Paolo I sarà stato contento di questo?

Certamente il Vaticano è un mondo misterioso e affascinante, fatto di macroscopiche contraddizioni, come ognuno di noi, d'altronde! Oltre alle guardie svizzere, con le rispettive famiglie, chi risiede in questo Stato sono i cardinali e i prelati che compongono il corpo diplomatico pontificio, alcuni impiegati dello Ior, le religiose che prestano servizio a cardinali e prelati vari, o al papa, almeno fino a Ratzinger, e ancora, i segretari, anche laici, che prestano servizio nei diversi dicasteri.

Personalmente, nella Città del Vaticano sono entrata solo tre volte in tutta la mia esperienza monastica: la prima quando sono stata allo Ior, la seconda per cercare una medicina particolare in farmacia e la terza come responsabile della comunità.

La Banca Vaticana è l'istituto di riferimento di tutto il mondo ecclesiastico. Non è che tutti i sacerdoti, suore, frati, monache abbiano rapporti diretti con la banca, però tutti gli ordini religiosi hanno almeno un conto allo Ior (Istituto per opere di religione, altrimenti detta Banca Vaticana).

Andai allo Ior per accompagnare la segretaria della madre generale. Questa doveva fare operazioni bancarie legate alle missioni in Eritrea.

Inutile dire quanto fosse bella e fastosa la Banca Vaticana. Due uscieri in livrea accoglievano tutti i convenuti. L'ambiente era decisamente raffinato.

La consorella che accompagnavo era famosa per le sue maniere dolci che sapeva usare per conquistare la benevolenza altrui. Una volta era persino riuscita a ottenere un passaporto del corpo diplomatico vaticano per una monaca dell'Eritrea.

La banca era davvero bella, pulitissima, brillante di specchi e giochi di luce.

Al piano superiore, c'erano gli uffici, di cui si potevano ammirare le porte dietro a dei vetri contornati di bordi d'oro. La mattina in cui andai c'era il sole e il tutto contribuiva a rendere l'interno ancora più piacevole. I clienti erano, per ciò che potevo vedere, prelati ben vestiti, vescovi, qualche segretario di cardinali e anche diversi rappresentanti del mondo ortodosso. Che splendidi abiti, pensai!

Ciò che più mi colpiva erano i continui posti di blocco delle guardie svizzere che noi sorpassammo senza neppure essere considerate, dato il cavaliere che ci accompagnava.

Sapevo che all'interno dello Stato Vaticano tutti i prodotti sono esenti da iva e, conseguentemente, costano meno e che, per gli istituti religiosi e gli ordini vari, era prevista una carta che permetteva l'accesso regolare al supermercato e alla farmacia, come aiuto da parte del Vaticano a favore dei religiosi della capitale.

Dato che le finanze del monastero non sono mai state buone, decisi di provare a chiedere tale tessera, per poter fare la spesa a costi più contenuti, e ne parlai una volta in riunione.

«Oggi la nostra economa ha presentato il bilancio di quest'ultimo periodo. Nulla di sorprendente, ma le spese sono troppe rispetto alle possibilità, quindi abbiamo deciso, insieme alle mie collaboratrici, di provare a chiedere la tessera per far la spesa in Vaticano.»

«Voi siete diventate matte!» sentenziò la ex superiora. «Non riuscirete mai a ottenerla. Ma anche se fosse, non si risparmia poi così tanto ed è un privilegio che non è corretto avere; i veri poveri non hanno il Vaticano che li aiuta, fanno come possono o vanno alle mense della Caritas!»

«Probabilmente hai ragione, i veri poveri non vengono aiutati dal Vaticano ed è triste. Come responsabile mi sento in dovere di tentare ciò che può essere d'aiuto a noi, perché non posso risparmiare su medici e medicine che, come sappiamo tutte, sono il novanta per cento delle spese del nostro bilancio. Nello stesso tempo sono profondamente convinta che mangiare sano è terapeutico, come insegnavano anche gli antichi maestri spirituali e la stessa santa Chiara, quindi ho intenzione di provarci. Al limite non otterrò nulla, ma sentirò di aver fatto il mio dovere. Domani mattina, insieme a un'altra consorella, andremo in Vaticano.»

Così la mattina dopo, terminata la messa, ci avviammo verso lo Stato Vaticano.

Presentateci alla porta principale, trovammo il primo blocco di controllo composto dalla polizia dello Stato italiano. Ispezione e registrazione dei documenti.

«Abbiamo facce tanto pericolose?»

«Scusateci, sorelle, ma è la prassi. Non è infrequente trovare gente travestita.»

«Lo immagino!»

«Ecco i vostri documenti, entrate pure. Troverete chi vi indicherà la strada.»

«Grazie. Buona giornata!»

Così varcammo le porte di un altro Stato. Dopo pochi metri incontrammo un altro posto di blocco, questa volta delle guardie svizzere. Silenzioso saluto militare e richiesta dei documenti.

«Dove siete dirette?»

«Vogliamo fare domanda per la tessera della spesa.»

«Allora dovete prima andare all'ufficio dove vi rilasceranno il permesso di transito per la città. Dopo quella curva sulla destra.»

Altro silenzioso saluto militare e riprendemmo il nostro viaggio.

Arrivammo all'ufficio indicato, entrammo mettendoci diligentemente in coda. Quando fu il nostro turno, l'impiegato dello sportello ritirò i nostri documenti trattenendoli per restituirceli all'uscita. Nel frattempo, la nostra carta d'identità consisteva in un tesserino che dovevamo appendere al vestito con sopra scritto *Visitatore autorizzato* nonché data, motivazione e ufficio di destinazione.

Ci sentivamo completamente estranee all'ambiente, veramente delle extracomunitarie. Proseguimmo il cammino senza sapere bene dove passare; sapevamo solo che l'ufficio preposto era all'interno del palazzo più grande della città e che, proprio per questo, lo avremmo trovato facilmente.

Nulla da dire sull'estetica. Giardini fantastici, monumenti, opere d'arte, quasi nessuna macchina e rarissime persone.

Qualche centinaio di metri oltre l'ufficio dei documenti, un altro posto di blocco con le guardie svizzere che ci fecero cenno di fermarci. Silenzioso saluto militare, silenziosa presa visione del cartellino e saluto di congedo, senza che volasse neppure una mosca. Proseguimmo.

«Almeno godiamoci questi giardini!»

«Sai, Sofia, comincio a credere anch'io che non riusciremo a fare molto.»

«Probabile, ma già questa visita è molto interessante!»

A un certo punto scorgemmo un palazzo enorme e bellissimo con tre gradinate e una fontana circondata da un grande giardino, capimmo subito che si trattava della nostra meta e ci avviammo.

L'entrata era maestosa come, del resto, tutto nella Città del Vaticano. Anche il silenzio che regnava era maestoso, persino le poche macchine che passavano sembravano voler fare silenzio.

Ci accolse un usciere in alta uniforme, altri due erano comodamente seduti a leggere il giornale dietro a un'enorme scrivania.

«Buongiorno, sorelle, desiderate?»

«Buongiorno a lei! Siamo venute a richiedere la tessera per fare la spesa.»

«Ah sì! Ci avevano avvisati dall'ingresso che sareste arrivate. Dovete salire al terzo piano. Scala in fondo a destra.»

Arrivate al terzo piano ci accolse una porta chiusa. Suonammo il campanello e ci aprì, come ormai ci aspettavamo, un altro usciere che ci fece accomodare nell'atrio chiedendoci la motivazione della nostra visita e pregandoci di attendere. Dopo pochi secondi arrivò un altro inserviente, vestito ancora meglio, che ci rivolse, nuovamente, le stesse domande e concluse: «Attendete ancora un momento, vado a chiedere».

Dopo poco tornò dicendoci: «Conoscete qualche cardinale in particolare? Siete state mandate da qualcuno? Potete darci un nome a cui rivolgerci direttamente?».

«Veramente no. Siamo venute di nostra iniziativa sapendo che, per i religiosi della capitale, specialmente per le monache di clausura, c'è la possibilità di avere il tesserino di transito per far la spesa.»

«Ci dispiace, ma se non avete il nome di un cardinale a cui possiamo rivolgerci, non c'è molto da fare.»

«Mi scusi, ma noi abitiamo in un monastero che è di proprietà del Vaticano, neppure questo è sufficiente?»

«No, madre. Occorre che siate in contatto con qualcuno. Vi conviene tornare a casa e mandare una mail con la vostra richiesta, che sarà analizzata e a cui verrà data risposta quanto prima. Buona giornata!»

Uscimmo, così, dal palazzo guardandoci negli occhi tra il deluso e il divertito, e dicendoci: «Siamo state cordialmente buttate fuori. Diplomazia di palazzo!».

Percorremmo la strada del ritorno e rientrammo nel primo ufficio per poterci riprendere i nostri documenti con il foglietto per poter uscire dallo Stato.

Ritornate in monastero ci lasciammo andare al sarcasmo.

«Quindi? Com'è andata la visita a palazzo? Vi hanno fatto entrare o siete state buttate fuori prima?»

«Siamo state buttate fuori dopo, ma è stata un'esperienza interessante per capire chi ci governa.»

«Io vi avevo avvisate che non valeva la pena neppure di tentare.»

«Vale sempre la pena di sapere con chi si ha a che fare. Neppure quando ho detto che il monastero è di proprietà del Vaticano hanno ceduto.»

«E cosa pensavi? Ma non ti ricordi cosa ci hanno fatto passare per il giubileo del 2000? Pensavi che ora fossero più generosi? Il monastero è di proprietà del Vaticano, ma questo significa che noi possiamo essere buttate fuori in qualsiasi momento senza sapere per mano di chi e perché. Di fatto, il monastero non è intestato a nessun cardinale in particolare, quindi a chi potremmo fare riferimento? Quando, nel 2000, pretesi che i lavori di ristrutturazione venissero pagati dal Vaticano, perché noi non avevamo una lira, mi risposero che piuttosto avrebbero chiuso il monastero, ma non avrebbero speso soldi per sanarlo. Riuscii a ottenere qualcosa solo perché avevo ancora qualche amico nell'ambiente, altrimenti a quest'ora non saremmo neppure più qui. La nostra è una situazione particolare: la casa è stata lasciata al Vaticano e quindi non ci appartiene. Il Vaticano non se ne interessa. Ha un immobile in più, ma certo non investe su di esso. E poi noi siamo poche e anziane. I frati dovrebbero occuparsi un po' più di noi, ma hanno altro a cui pensare. Non aspettarti un roseo futuro. Quando finiranno i pochi soldi che abbiamo e le poche anziane con pensione moriranno, saremo costrette a chiudere e nessuno potrà fare nulla.»

«Avrei potuto provare a dire che conosco il cardinal Bertone, forse mi avrebbero dato udienza.»

«Ma se lo odiano tutti! Ratzinger ci si è giocato il pontificato nominandolo segretario di Stato al posto di un cardinale del corpo diplomatico, come da tradizione. Lascia perdere! Il Vaticano è il più insidioso dei palazzi della capitale!»

# Capitolo settimo

Il periodo che preferivo in assoluto era dal 17 al 25 gennaio.

Dal 18 al 25 c'era la «settimana per l'unità dei cristiani». In questo periodo ogni chiesa ospitava e ospita celebrazioni di altre confessioni cristiane, in cui i rappresentanti delle diverse denominazioni cristiane sono invitati a far conoscere il loro patrimonio culturale e le loro particolarità di fede.

Ogni anno, da quando cominciai a vivere nel monastero di Roma, contribuivo a organizzare questa settimana, ma l'appuntamento che più mi interessava era quello del 17 gennaio, giornata di approfondimento istituita il 29 settembre 1989, quando la Chiesa cattolica, prendendo consapevolezza delle proprie radici ebraiche, ritenne indispensabile la conoscenza dell'ebraismo per poter conoscere Cristo.

I primi due anni riuscii a contattare un rabbino, molto aperto anche se aveva un carattere un po' particolare, che accettò di venire a partecipare a un incontro con noi.

Era la prima volta che vedevo un rabbino, ero emozionatissima. Altro che papa, per me era proprio la figura del rabbino quella che più accomunavo alla persona di Cristo.

Il rabbino era un uomo anziano, ma non così tanto come l'aspetto avrebbe lasciato credere. Fisico abbastanza rovinato, troppo peso da reggere sulle gambe, spalle larghe, barba bianca e folta che lo faceva apparire ancora più imponente e severo nella figura. Indossava un soprabito lungo ed elegante e un cappello, che gli conferivano l'austerità necessaria per poter venire chiamato «grande»; questo infatti significa la parola ebraica *rav* da noi tradotta in rabbino.

Nel primo incontro ci parlò, in generale, della tradizione ebraica e di quanto la shoah abbia, a volte, condizionato l'ebraismo moderno. Lui stesso era un sopravvissuto e i suoi occhi lo raccontavano.

Una domanda cattiva arrivò da parte di una monaca circa la figura di Pio XII.

Il rabbino rispose con elegante misericordia, come solo un uomo di Dio saprebbe fare: non negò, ma non condannò.

Ne rimasero tutte molto colpite.

A me colpì, principalmente, la sua esatta conoscenza di tutta quella che è la tradizione cristiana. A un certo punto disse una frase che ricordo ancora benissimo: «Voi seguite Gesù e, per questo, vi chiamate cristiani. Lo studiate, cercate di capirlo. Ma noi abbiamo un vantaggio rispetto a voi, lo comprendiamo perché siamo ebrei come lui».

Così cominciò ad analizzare alcuni aspetti dei vangeli in modo talmente profondo da lasciare a bocca aperta il più ferrato teologo cattolico. Imparai che noi cattolici pensiamo di dedicare una giornata al dialogo e alla comprensione dell'ebraismo, mentre sono loro che ci insegnano a conoscere noi stessi. Fu folgorante.

Da sempre l'ebraismo esercitava su di me un fascino particolare e poter leggere la Scrittura in lingua originale era il mio più grande sogno, anche grazie alle lezioni di Sacra Scrittura che facevamo con la biblista del nostro ordine; ma conoscere un rabbino si rivelò un'esperienza fondamentale.

Tutte le monache rimasero soddisfatte dell'incontro, anche se i loro commenti, espressi a cena, furono notevolmente stupidi.

Rimasi contenta dell'incontro con il rabbino e, dopo pochi giorni, grazie a suor Stefania arrivarono un libro di grammatica e un vocabolario. Cominciai, così, a prendere confidenza con l'alfabeto ebraico. Era davvero appassionante!

Nel frattempo, trovandomi a Roma, volevo poter sfruttare al massimo la conoscenza fatta con il rabbino Gattegna. Cercai di convincere la badessa a invitarlo più spesso. Per mia fortuna lui era stato tanto gentile da lasciarci il numero telefonico della sua abitazione, quindi lo si poteva contattare direttamente senza passare dalla sinagoga centrale.

Sua moglie era una signora molto dolce. Quando la badessa la contattò per invitare nuovamente il rabbino, lei rispose con grande cordialità confidandole che suo marito era rimasto molto soddisfatto dell'incontro avuto al monastero, ed era certa che sarebbe tornato volentieri.

«Vede, madre, mio marito è gravemente malato. Lui lo sa, ma i medici non hanno stabilito con chiarezza quanta vita possa ancora restargli, e lui dice che poter parlare a delle monache di clausura lo trova un ottimo coronamento del suo percorso spirituale.»

La badessa era un tipo piuttosto vanesio e prese queste parole come un complimento personale, quindi la comunità si guadagnò la presenza piuttosto regolare del rabbino Gattegna.

L'anno seguente decidemmo di chiamarlo per una serie d'incontri in preparazione alla Pasqua.

Pasqua ebraica e cristiana sono vicine e fu veramente interessante come percorso preparatorio. Ricordo, soprattutto, che fu molto formativo l'incontro in cui il rabbino analizzò la morte di Mosè e quella di Gesù.

Se un sacerdote cattolico arrivasse a parlare di Cristo con

tale profondità, le chiese sarebbero sempre piene. Così il rabbino Gattegna conquistò l'ammirazione di ogni monaca, anche delle meno inclini al dialogo interreligioso.

Era talmente stimato che per un suo intervento fu invitata anche suor Stefania, che non perse l'occasione di sottolineare la sua profonda conoscenza dell'ebraismo, ma non sembrò fare particolarmente colpo sul buon rabbino.

Un giorno, però, la signora Gattegna telefonò annunciando la morte del marito. Che tristezza! Mi sembrava di aver perso una persona davvero importante.

Si avvicinava un nuovo 17 gennaio e decisi di provare io a interessarmi per trovare un degno sostituto del nostro amato Gattegna. Come da procedura telefonai alla sinagoga centrale chiedendo un rappresentante per quella giornata.

Con mia grande sorpresa arrivarono al monastero due distinte signore. Sulle prime rimasi un po' delusa perché avrei preferito conoscere un nuovo rabbino, ignorando che una di loro avrebbe cambiato per sempre la mia vita.

Quella che guidava l'incontro era una giornalista che ci presentò una sua amica insegnante e, ultimamente, anche laureanda in psicologia. Era una donna matura e venne spontaneo chiederle come mai avesse deciso di rimettersi a studiare alla sua età. Aveva degli occhi affascinanti, magnetici.

Rispose con una risata tra il sorpreso e il divertito.

«Per noi ebrei studiare è un atto di culto, l'età non conta. Sono figlia di sopravvissuti e ora più che mai desidero capire cosa prova un uomo di fronte alla morte. Ho sempre sentito parlare, da bambina, di morte e di shoah solamente quando mio zio si ubriacava. Raccontava cose terribili, i miei avrebbero voluto che io non le ascoltassi, eppure mio zio veniva proprio a raccontarle a me ed ero ancora troppo piccola per poter capire davvero. Crescendo e frequentando anche scuole al di fuori dell'ambito ebraico, cominciai a constatare, anche se in modo molto più blando, qualcosa che trovavo nei racconti dello zio. Mi sono sempre dedicata all'insegnamento ai ragazzi, ma ora desidero aiutare anche i grandi, non solo i bambini.»

Questa donna portava il nome di Hora.

Cominciò a cantare una melodia profonda e triste. Impossibile ascoltarla senza commuoversi. Le chiedemmo che musica fosse, ma anche lei era commossa e al suo posto rispose la giornalista che l'accompagnava: «È un canto degli ebrei deportati. Cantano alla Gerusalemme perduta e alla speranza di ritornarvi. Tempo fa Hora ha scritto un articolo sulla shoah cominciando così: "Quando io nacqui mia madre era morta già da diversi anni". In questo articolo racconta la storia della sua famiglia e di come sua mamma sia potuta sopravvivere, da bimba, ai rastrellamenti tedeschi, essendo stata nascosta in una soffitta e poi portata via da una zia. Nel frattempo, però, la bambina aveva visto come venivano portati via genitori e fratelli e mai si allontanò dal suo cuore il senso di colpa. È questo un sentimento particolare che alberga nel cuore di ogni sopravvissuto, un disperato senso di colpa. Anche per questo Hora ha deciso di studiare, approfonditamente, la mente umana».

Doveva essere lei la mia insegnante di ebraico, ne ero certa! Mi ero innamorata della sua essenza, ed ero convinta che se fosse stata lei a insegnarmi l'ebraico, lo avrebbe fatto a trecentosessanta gradi.

Ogni lingua ha in sé uno spirito che la anima, è una mentalità, un mondo che può essere trasmesso nel modo migliore solo da chi lo conosce per nascita.

Senza lasciar passare altro tempo andai a parlarne con la badessa che, dopo una lunga chiacchierata, rispose: «Puoi fare come ti pare».

Corsi allora a chiamare Hora che accettò di farmi gratuitamente da insegnante.

Fin dalla prima lezione lasciammo da parte il libro di grammatica e cominciammo ad affrontare il testo biblico.

Certo era particolare fare lezione con una grata nel mezzo che ci divideva. Hora portava una piccola lavagnetta e ci passavamo fogli e materiale attraverso i quadrati del divisorio.

«Penso che a volte il cervello delle persone sia un po' come questa grata, sai, Sofia?»

«Cioè?»

«Fatto a compartimenti non comunicanti tra loro. Confini ben delineati e rigidi. Come nascono le grate, in monastero?»

«Sono state messe agli albori del Medioevo quando le donne dovevano essere protette dagli attacchi dei soldati e da loro stesse.»

«Cara Sofia, ancora adesso la grata serve per proteggervi da voi stesse; sapreste vivere senza difendervi? Sapreste guardare negli occhi una persona considerandola uguale a voi? Gesù faceva questo! Vi chiamate cristiani, ma dovreste chiamarvi paolini. Cristo lo conoscete poco e lo capite anche meno, san Paolo lo conoscete meglio e seguite la sua teologia, la sua idea di Cristo che non è Cristo. Questo tu cominci a capirlo, ma ti sarà dura seguirlo. È ormai diverso tempo che facciamo lezione insieme, credo sia arrivato il momento, per te, di chiedere alla tua badessa di farti venire a lezione a casa mia.»

«Come? Sarebbe bellissimo, ma non me lo permetterà mai. Sono severe sulla disciplina claustrale, non fanno neppure entrare te!»

«Io non posso entrare perché sono ebrea, Sofia. Anche se non me lo hai mai detto so bene che questo è il motivo. Dipende da te convincere o meno la tua badessa a lasciarti venire a casa mia. Tu hai bisogno di uscire, Sofia. Mi meraviglia che tu sia entrata e rimasta per tanto tempo, ma questo non è un mio problema; però io ho la possibilità di metterti in contatto con qualcos'altro. Quindi ritengo che sia ora che tu ti esponga un po' di più per le cose in cui credi.»

Mi aveva messo in crisi. Come facevo ad andare a chiedere alla badessa una cosa del genere? Ma dovevo provarci in qualche modo, in quanto Hora non aveva più intenzione di far lezione da una grata.

Presi il coraggio e andai a parlare alla badessa.

«Ho bisogno di parlarti, madre.»

«Vieni pure!»

«Volevo parlarti di Hora, del percorso che sto facendo con lei.»

«Devo riconoscerle che è una donna ammirevole, viene tutte le settimane per farti lezione dalla grata e non vuole nulla, deve proprio credere profondamente in quello che trasmette.»

«Già! È una donna fantastica. Ieri mi ha detto che non ha più intenzione di farmi lezione dalla grata, anche perché ora siamo andate parecchio avanti nell'analisi del testo biblico e c'è bisogno di molto materiale per analizzare a fondo la Scrittura, e non riesce a portarlo qui. Alcuni codici, oltre a essere pesanti, sono delicati da trasportare. In breve, mi ha chiesto di andare da lei.»

«Temevo che saremmo arrivati a questo. Cosa pensi che possa dirti?»

«Be', madre, tu stessa hai detto che è una donna ammirevole, non ha mai chiesto niente in cambio per ciò che fa e per me sarebbe un'occasione di studio meravigliosa. A te non costa nulla e si tratterebbe di un'uscita di poche ore. Essendo una volta a settimana non c'è neppure l'obbligo di chiedere il permesso in congregazione. Se le monache se ne lamentano puoi sempre dire che sono uscita per comprare medicine e nessuno oserà fiatare.»

«Non sono solita dire bugie.»

«Ma questa sarebbe diplomazia, non menzogna!»

«Faremo una riunione per decidere questo, se le monache acconsentiranno andrai, altrimenti rinuncerai.»

«Pensavo che in fatto di disciplina claustrale fossi tu l'autorità competente!»

«Voglio che tutte lo sappiano. È un problema questo?»

«Niente affatto.»

Così si convocò la riunione, giusto per farmi stare un po' sulla corda. Non so quale santo intercedette per me, ma tutte acconsentirono. Be', non proprio tutte, ma la maggioranza. Una monaca, in particolare, cominciò ad arrabbiarsi con me. Era una sorella di origine eritrea che non accettava il mio amore per la tradizione ebraica, e cominciò a diventare davvero ostile nei miei confronti. «Se tanto ti piace l'ebraismo, perché non vai da loro ed esci dal monastero? Hai smesso di studiare la mia lingua, hai smesso di dire che vuoi andare in Africa solo perché ora ti piace l'ebraico. Perché non hai continuato a studiare con una monaca, invece di aver rapporti con un'ebrea? Cosa stai a fare in monastero se poi frequenti certa gente?»

Comunque non m'importava, potevo continuare a studiare l'ebraico e tanto bastava!

Mi sembrava una conquista incredibile, poter varcare le porte della clausura per qualcosa che dava un senso più profondo alla mia vita. Non era solo studiare una lingua, ma entrare in un sistema di pensiero, contattare energie dalle radici antiche, fare luce su realtà senza tempo. Solitamente si ritiene che studiare qualcosa sia imparare una serie di nozioni al di fuori di noi; in questo caso era il contrario, l'essenziale non era che io imparavo a leggere la Scrittura in lingua originale, ma che imparavo a farmi leggere dalla Scrittura.

Era davanti ai miei occhi e alla mia mente, senza traduzioni, senza intermediari interpretativi teologici e culturali che la modificassero. Era pura, davanti a me, in cerca della mia purezza. E studiare l'ebraico biblico diventò l'avventura di penetrare me stessa con libera spontaneità.

Un giorno la badessa mi propose una cosa che mi lasciò ancora più stupita.

Eravamo in estate e la diocesi organizzava dei corsi, per laici e religiosi, tra cui anche corsi di ebraico biblico. Mi chiese se poteva interessarmi la cosa e io accettai subito molto volentieri.

Era come affrontare lo stesso argomento sotto un'angolatura completamente diversa. I corsi della diocesi sarebbero stati gestiti da un sacerdote biblista, preparatissimo, ovviamente, ma sacerdote. Sicuramente questo tranquillizzava molto di più la mia badessa, e le monache in generale, piuttosto che sapermi così legata a una persona ebrea.

Fu un'esperienza bellissima e arricchente, soprattutto perché, alla fine di ogni giornata, il docente celebrava una messa in ebraico; si poteva quindi davvero leggere il testo biblico in originale all'interno di una liturgia cattolica. Era fantastico, anche se purtroppo ancora improponibile nell'ambito claustrale.

Credo che la badessa pensasse che terminati i corsi della diocesi non avrei più avuto bisogno di frequentare Hora e le sue lezioni; invece fu il contrario.

Quanto più riuscivo a scoprire e capire dell'ebraico biblico, tanto più cresceva in me il desiderio di approfondire la cultura ebraica.

Cominciai, per questo, anche a visitare il Tempio Maggiore di Roma, i suoi musei, i suoi archivi e conobbi altre straordinarie persone che mi aiutarono ad amare sempre di più la cultura ebraica e la Scrittura.

All'interno della comunità, trasferivo poi tutte le mie scoperte sulla Scrittura e tradizione ebraica durante le nostre riunioni settimanali per discutere sia della Scrittura sia di altri argomenti di teologia.

Ogni sabato pomeriggio eravamo solite incontrarci per confrontarci sui testi biblici della domenica. Ciascuna presentava la sua meditazione e ricerca, senza nessun filo conduttore di base.

Un giorno la badessa, proprio dopo uno di questi incontri, mi chiamò: «Bimba mia, avrei bisogno di chiederti una cosa».

«Dimmi, madre.»

«Ti farebbe piacere, o avresti voglia, di preparare per ogni sabato una traccia generale di riflessione comune sui testi della domenica? In questo modo le monache avrebbero una pista indicativa da seguire, o delle chiavi di lettura da poter utilizzare per la loro meditazione dei testi biblici, arrivando all'incontro comune con un aiuto in più.»

«Ti ringrazio, madre, la tua proposta mi fa molto piacere e lo farò davvero volentieri. Comincio subito!»

Nella settimana successiva anche suor Stefania era con noi. Francamente avevo un po' di timore a dare anche a lei la mia traccia di lavoro per la riflessione biblica. Ovviamente era molto più preparata di me e sapevo che non perdeva mai occasione per rimarcare, anche in maniera pesante, quello che non le andava a genio.

Inoltre non era proprio stata felice della mia scelta di affidarmi a una insegnante esterna per l'approfondimento dell'ebraico. Comunque cercai di vincere ogni mio timore e offrii anche a lei la mia traccia di lavoro.

Con mia sorpresa l'accolse in modo positivo. Ovviamente quando era ospite in comunità la nostra riunione veniva sostituita da una sua vera e propria lezione biblica, affascinante.

Anche le volte successive che Stefania si trovò a essere con noi continuai a offrirle la mia traccia di lavoro. Pensavo che le apprezzasse davvero, ma dovevo ancora imparare quanto anche in monastero regnasse la diplomazia vaticana.

Tra i fedeli della domenica c'era una docente dell'Università Gregoriana. Era una patrologa ed eravamo molto amiche, anche se le nostre vedute sull'ebraismo erano a dir poco divergenti. Quando cominciò a leggere le mie tracce ne rimase colpita e venne a trovarmi per farmi una proposta.

«Cara Sofia! Come stai?»

«Molto bene! È un po' che non venivi a trovarci!»

«Guarda, ho un gran lavoro con l'università, poi eravamo sotto esami, gli studenti sono quello che sono e i colleghi sono pure peggio. Ma non voglio parlare di questo. Sono venuta per farti una proposta. Ne ho già parlato anche con la badessa e mi ha dato il benestare, quindi se sei d'accordo si può partire.»

«Di cosa si tratta?»

«È da diverso tempo che leggo le tue tracce di lavoro sui testi biblici delle domeniche; le trovo interessanti e ho pensato che potresti divulgarle di più.»

«Ti ringrazio, ma come faccio a divulgarle?»

«Io ho un'amica, Maria, che da tempo ha creato un sito biblico-liturgico dove pubblica diversi commenti. Le ho già fatto leggere alcuni tuoi lavori e mi ha detto che, se tu fossi interessata, lei sarebbe disponibile a pubblicarli sul suo sito.»

«Sarebbe fantastico!»

«Bene, allora, scrivile subito a questo indirizzo mail e mettetevi d'accordo per i dettagli.»

Ero felicissima dell'occasione. Ne parlai con la badessa che già sapeva tutto e aveva approvato. Così mi misi in contatto con questa Maria la quale mi chiese di preparare qualche riga di presentazione da mettere sul sito per farmi conoscere e poi mandarle, settimana per settimana, tutti i miei lavori.

E così fu!

Hora ne fu entusiasta, e ovviamente anch'io ne ero molto felice.

Continuai, però, il mio percorso sull'ebraismo.

Nel frattempo, conobbi anche una persona straordinaria che lavorava all'archivio storico della sinagoga, quindi avevo sempre gli inviti per ogni tipo di evento.

Interruppi le lezioni ufficiali con Hora per iscrivermi alla scuola di musica, senza trascurare, però, la mia passione per la tradizione ebraica.

# Capitolo ottavo

Fin dai primi mesi della mia esperienza monastica, l'attività che più mi assorbì fu la musica.

Le liturgie monastiche sono ricche di musiche e canti. Secondo la più antica tradizione monastica tutti i salmi andrebbero cantati e i monasteri di clausura, da sempre, custodiscono un patrimonio musicale che li rende assolutamente affascinanti. Proprio questo aspetto, da subito e sempre, ebbe grande importanza ai miei occhi.

Il mio vantaggio, almeno per i primi anni di vita monastica, fu avere come formatrice proprio la responsabile delle liturgie. Aveva una voce fantastica e suonava anche discretamente bene, pur essendo autodidatta. Il doversi istruire da sé, era il limite più grosso dei monasteri femminili di clausura. Per quelli maschili, come sempre, è un'altra storia.

Sia per la mia giovane età e sia perché la musica mi è sempre piaciuta, da subito, ho partecipato attivamente alle celebrazioni cantando. Il primo anno fu pure relativamente semplice, una volta superata la paura di dover cantare in pubblico.

Nell'anno del noviziato federale continuai la mia attività canora affiancandola, oltre al percorso di studio previsto dall'ordinamento ecclesiale, all'attività iconografica. Anche quest'ultima mi sarebbe piaciuto poterla coltivare nel tempo, ma una volta tornata al primo monastero dovetti fare una scelta.

La mia idea di studio serio e quella della badessa erano un po' divergenti e mi ritrovai alla mia prima lezione ufficiale con una sorpresa; non sarei uscita, ma sarebbe venuto il maestro in monastero. I primi problemi, comunque, cominciarono quando conobbi il maestro.

«Ciao, mi chiamo Fulvio. Insegno sax al conservatorio di Perugia e mi hanno chiesto di aiutarti un po' in teoria e solfeggio.»

«Molto piacere. A me piacerebbe anche se mi aiutassi nel prendere confidenza con la tastiera e l'armonium. A scuola ho fatto un pochino di teoria, per diversi anni, ma suonavamo solo il flauto dolcc, chc mi piace poco e non è funzionale per le nostre liturgie.»

«Capisco, ma temo che dovrai accontentarti. Per quanto riguarda la teoria non ci sono problemi, ma non sono un docente di pianoforte e non conosco l'armonium, anche perché i percorsi di conservatorio non lo contemplano, e poi ho preso come indirizzo uno strumento a fiato. Posso aiutarti, indicativamente, con la pianola, per il resto sarà tuo esercizio personale. Ci vedremo una volta al mese, per due ore, e cercheremo di seguire un percorso il meglio possibile.»

«Una volta al mese per due ore? È pochissimo! Cosa posso imparare?»

«La tua badessa mi ha detto che tu sei già brava e che hai bisogno solo di qualche aiuto.»

«Veramente, a me la badessa aveva parlato di studiare seriamente. Immagino già come andrà a finire. Quando varcherò la porta di questa stanza nessuno mi lascerà ore libere da poter passare davanti a una tastiera per fare esercizio, sembrerà una perdita di tempo alla maggior parte di loro. Come pretendono che io possa offrire un valido servizio se mi fanno mancare i mezzi? Studiare musica significa trascorrere tanto tempo a esercitarsi, non due ore una volta al mese.»

«Ti capisco, ma temo che entrambi non potremo farci molto. Da parte mia, volta per volta, ti porterò dei validi testi che tu potrai seguire a seconda degli argomenti. È tutto quello che possiamo fare; d'altronde ti è impossibile venire al conservatorio anche solo per lezioni private, che costerebbero troppo, quindi non vedo molte alternative.»

«Già! Comincio a capire che l'aspetto più triste di questa vita monastica è proprio la mancanza di alternative.»

Così iniziai anch'io a studiare da autodidatta. Questo, nella musica, può essere pericoloso in quanto è facile assumere posture o tecniche tanto comode quanto sbagliate viziando la muscolatura. Anche a livello canoro è poco funzionale; le giuste tecniche respiratorie sono importanti per una corretta emissione di suono.

Questo percorso da musicista autodidatta durò per tutto il periodo in cui stetti nel primo monastero.

Una volta arrivata a Roma, essendo ancora nel periodo della formazione iniziale, la badessa mi chiese cosa avrei voluto studiare.

Sapevo che l'ambiente era più aperto rispetto a quello da cui provenivo, quindi esposi le mie difficoltà con la musica. Ottenni di poter seguire, ogni settimana, delle lezioni di tre ore con un frate organista.

Anche qui, ovviamente, era il maestro a venire in monastero, ma almeno mi dedicava più tempo, e ne avevo anche di più a disposizione per potermi esercitare. Devo ammettere che fu una grande conquista, tanto più che il frate in questione era anche un nostro diretto superiore.

Riconosco che per me aveva un debole quindi ne approfittavo, ogni tanto, per manifestargli i miei disagi o desideri, cercando di far leva sul suo buon cuore!

A Roma ero anche agevolata per la presenza del noviziato federale. Alle novizie venivano fornite lezioni di musica da docenti esterni, oltre che dalla diretta responsabile per la formazione, a cui potevo partecipare.

Capitò così al monastero una suora spagnola di nome Dolores, che veniva ogni settimana a fare lezione di canto. Un giorno mi propose di frequentare la scuola di musica di cui era direttrice. Si trattava di un percorso quadriennale che permetteva di ottenere un diploma e una competenza qualificata per quanto riguarda la musica liturgica.

L'idea mi affascinava, ma dovetti rimettere la decisione nelle mani della mia badessa. Era qualcosa che usciva dagli schemi della clausura papale.

Mi si proponeva di uscire regolarmente due, tre volte a settimana per tutta la giornata, tenere concerti e dare esami. Era qualcosa d'insolito che avrebbe richiesto anche il consenso dell'intera comunità e dei superiori dell'ordine maschile a cui eravamo soggette per diritto canonico.

Prevedevo che sarebbe stata una proposta troppo ardita, anche se suor Dolores era cresciuta sotto il regime franchista e non si perse d'animo: «Parlerò io con la tua badessa!».

Suor Dolores fece diversi tentativi per permettere, alle altre suore e a me, di entrare a far parte della scuola, ma con scarsi risultati.

Un giorno, però, trascorse le festività natalizie, arrivò una sorpresa: la Federazione aveva organizzato, a livello internazionale, un corso per imparare a suonare la cetra, antico strumento a corde particolarmente indicato per il canto dei salmi. Per poter partecipare era necessario possederne una però. Senza dirmi nulla, la badessa si consultò con alcune monache della casa e di altri monasteri e me la comprò affinché potessi partecipare al corso.

La cetra è veramente uno strumento bellissimo, dal suono delicato e suadente, quasi estatico. Per me fu proprio un bel regalo, ne fui felicissima.

Mi regalarono la cetra per accontentarmi il cuore; frequentare la scuola sarebbe stato impossibile, ma quello era un ripiego che mi avrebbe allontanato anche un pochino da certe frequentazioni, non da ultima la mia maestra di ebraico. Questa volta era stata davvero astuta la badessa, impedendomi di fare una cosa attraverso un'alternativa che, sapeva, mi sarebbe risultata piacevole.

Cominciai, così, a studiare la cetra.

La docente che avevano scelto per il corso a Napoli era anch'essa una suora, ma si era diplomata al conservatorio prima di entrare in comunità e ora, comunque, teneva corsi per l'Italia e aveva anche una cattedra al conservatorio di Perugia.

Furono giorni bellissimi, arricchiti anche con visite alla città partenopea, ovviamente sotto scorta e nelle ore di minor ressa! Il monastero di Napoli si trovava in una zona poco tranquilla, ma i benefattori che se ne prendevano cura sapevano come proteggerlo, insieme alle monache.

Dopo questi giorni, in cui conobbi anche di persona il tanto temuto cardinal Sepe, andai per un mese al monastero di Città della Pieve. La badessa di questo convento era, in qualche modo, imparentata con mio padre, per questo motivo mi permisero di andare in un monastero che non fosse di cappuccine. Ebbene sì, nella Chiesa cattolica la cattolicità è assente!

Vivere in questo monastero fu un'esperienza bellissima. La mia insegnante di cetra era cieca dalla nascita, una donna meravigliosa. Aveva un talento musicale che valeva mille volte la vista ed era innamorata della vita! Imparai tanto, anche sul piano umano, con lei!

Per le feste di Pasqua tornai al mio monastero di Roma e rividi suor Dolores che non aveva perso minimamente la speranza di vedermi nella sua scuola.

«Ho saputo che ora sai suonare anche la cetra, vorrà dire che quando verrai a scuola ce la farai sentire; una volta che sarai diplomata potremmo pensare di inserire un corso di cetra anche a scuola.»

«Suor Dolores, ancora insisti? Mi hanno fatto imparare la cetra per farmi dimenticare la scuola, non lo hai capito?»

«Davvero? E tu l'hai dimenticata? La badessa mi ha detto che se smetti di studiare l'ebraico ti fa iscrivere a scuola. L'ho anche tranquillizzata che, per il primo anno, vi verremo incontro per la retta.»

«Rinunciare all'ebraico mi dispiace, suor Dolores!»

«Lo capisco, Sofia. Ma per studiare l'ebraico hai tempo anche quando sarai più grande, mentre per la musica sei già troppo vecchia, approfittane ora!»

«Va bene, accetto!»

Così ottenni il permesso di frequentare la scuola, di diritto pontificio. Ignoravo come tutti i permessi necessari fossero arrivati, neppure chiesi però troppe spiegazioni. Ricordo che ci fu una riunione ufficiale, presieduta dall'allora madre generale, in cui si notificava alle monache la notizia. La badessa lasciò spazio assoluto alla generale; a lei tutta la gloria e tutta la colpa! Quella monaca mi voleva molto bene e, per la sua decisione, molte la criticarono, anche tra le sue più strette collaboratrici, tra le quali la sua vicaria suor Stefania, biblista dell'ordine.

Cominciò la mia avventura scolastica, da monaca di clausura.

Conobbi persone meravigliose sia nel corpo docenti che tra le mie compagne. Le studentesse suore provenivano davvero da tutto il mondo; una meraviglia di culture e costumi. Tutte soffrivano abbastanza l'omologazione richiesta dai diversi ordini religiosi a cui appartenevano.

Legai subito con tutte le mie compagne di classe e con due di un anno avanti a noi.

Erano due giorni a settimana di frequenza, dal mattino alle nove alla sera alle sette e le materie erano impegnative: pianoforte, organo, solfeggio, liturgia, gregoriano, armonia, tecnica vocale, composizione, storia della musica e canto corale.

Durante la settimana eravamo, ovviamente, sepolte dai compiti. Gli appuntamenti più temuti erano gli esami, specie di pianoforte e organo, i saggi strumentali e i concerti.

Attraverso la scuola ne approfittai per far conoscere, a un pubblico di molte suore e preti, tutti devoti alla grande tradizione gregoriana, la musica concentrazionaria ossia tutto quel patrimonio musicale che la genialità ebraica era riuscita a produrre durante i duri anni dello sterminio nazista, direttamente dentro ai lager.

Non potevo rinunciare alla mia passione ebraica!

Con i docenti mi trovai sempre a mio agio. Erano dei professionisti davvero raffinati anche se non mancavano, pure tra loro, le lotte per risultare più bravi dei colleghi.

In questo peccava un po' una docente di pianoforte che, presente come esaminatrice in tutte le sessioni d'esame strumentali e canore, sapeva bene quanto la temessimo e questo le dava potere. Durante gli esami si divertiva a mettere in difficoltà sia l'esaminando sia il docente che lo aveva presentato. Era solita intentare una guerra senza quartiere con il suo collega docente di pianoforte e torturava l'allievo per sottolineare i deficit dell'insegnamento che aveva ricevuto durante l'anno. Aveva un comportamento profondamente scorretto, eppure sembrava essere inattaccabile.

Ogni docente, comunque, aveva una sua peculiarità che lo rendeva unico nell'ambiente e poi, si sa, i musicisti sono sempre un po' particolari!

Ricordo con grande piacere gli anni della mia esperienza scolastico-musicale. Andare a scuola era come avere una seconda comunità.

Il corso durò quattro anni e per conseguire il diploma finale, oltre a tutti gli esami precedenti, si dovevano scrivere i canti di una celebrazione eucaristica a scelta.

Composi una messa per la solennità di Santa Chiara, ma non mi fu mai permesso di suonarla in convento.

Anche quando musicavo i salmi da cantare alla messa, la mia badessa mi sgridava dicendo che dovevo stare al mio posto e non cercare di farmi vedere più capace di un'altra che non ne era in grado.

L'aspetto più curioso della disciplina monastica è che non si lavora per fare in modo che tutti possano appassionarsi ed esprimersi in qualcosa che dia un senso sempre più autentico alla loro vita. Si vieta a tutti di fare qualcosa che possa essere funzionale alla loro salute psicofisica; un modo come un altro per illudere chi è al potere di mantenere tutti gli altri sotto controllo.

# Capitolo nono

L'alba della fine della mia vita monastica sorse molti mesi prima di quando lasciai, concretamente, il monastero.

Era estate e l'ordine era in fibrillazione per una data importante: l'elezione di una nuova madre generale.

In questa occasione vengono convocate a capitolo le badesse, che devono essere accompagnate da una monaca in rappresentanza delle comunità, per esporre la linea di pensiero del monastero di appartenenza. In ogni convento tale monaca, che si chiama «delegata», viene votata dall'intera comunità.

Anche nella mia comunità di Roma si tenne quella riunione e fui scelta io.

Di regola, terminata la votazione, alla candidata viene rivolta la domanda magica: «Accetti questo incarico?».

Anche a me fu rivolto l'interrogativo e risposi con un deciso: «No, grazie!».

La badessa non gradì il mio rifiuto.

Così si procedette ad altre votazioni e fu eletta come delegata la monaca che, dopo di me, era considerata «la più giovane». Per inciso aveva l'età di mia madre ma, data la media monastica, poteva dirsi «giovane»!

Dopo due settimane ebbe inizio il capitolo elettivo per la nuova presidente.

A casa avevamo fatto scommesse e suor Stefania veniva data dieci a uno!

Nel tardo pomeriggio arrivò la nostra badessa con la delegata e cominciammo di gran premura una riunione straordinaria.

La badessa sarebbe dovuta rientrare al capitolo per la preghiera serale in modo che nessuna potesse notare la sua assenza. Questo era il vantaggio di vivere a Roma: tutti i palazzi sono vicini!

«Allora, care sorelle! I risultati dell'elezione sono stati infausti, almeno dal mio punto di vista. Ho cercato come ho potuto di evitare che suor Stefania venisse eletta, ma ero in minoranza e ho dovuto cedere...»

«Davvero? Pensa che c'è chi dice il contrario!»

«Chi sia questa persona non lo so, Sofia, ma ti posso assicurare che ho fatto il possibile per evitare questa elezione, quindi ti chiedo di smetterla con le tue battutine! Anche perché, almeno per la nostra comunità, la parte più complicata viene proprio ora ed è per questo che sono qui. Suor Stefania mi ha chiesto di poter venire a vivere con noi. Lei non mi ha parlato di una sistemazione in pianta stabile, anche perché, pure se è la generale, ci vorrebbe un formale trasferimento che sarebbe troppo lungo da ottenere.»

«Se lei lo volesse, saprebbe come ottenerlo in poco tempo!»

«Sofia, per favore! Non rendere tutto più difficile.»

«Comunque è vero!»

«Sorelle, per favore, non entriamo in polemiche inutili. Ora dobbiamo prendere decisioni importanti e io ho poco tempo e non posso perderlo per le vostre lamentele. Se mi fate parlare evitando interventi magari ci sbrighiamo. Allora, ho bisogno di sapere se tutta la comunità mi concede l'assenso. Non posso, da sola, accettare o rifiutare la richiesta di suor

Stefania. Dobbiamo tenere conto che rifiutare sarebbe poco carino, per non dire rischioso. Accettare comporterà più lavoro per tutte. Ovviamente con lei verrà la sua segretaria, che ancora non sappiamo chi sia. Poi ci saranno riunioni, visite varie di frati e altro. Alcune stanze saranno riservate a suo uso e se ci saranno incontri e riunioni ci si dovrà organizzare in modo da non darle fastidio. Ripeto che è un lavoro in più per tutte, una responsabilità e, come sempre, qualunque monaca dell'ordine che abbia bisogno di qualcosa farà capo alla nostra comunità. So che vi chiedo molto, ma come possiamo rifiutare? Obiettivamente suor Stefania vive in un monastero da dove non potrebbe svolgere con tranquillità il suo compito. Anche il tenore di vita che conducono è troppo duro, e poi un vescovo, o un'autorità, come potrebbe essere ospitato in un monastero dove non c'è riscaldamento o luce?»

«Be', sarebbe una bella testimonianza di povertà! E poi, francamente, il monastero di suor Stefania è enigmatico: non c'è luce ma lei ha il computer, il cellulare e quant'altro. Come alimenta tutto questo?»

«Sofia, ti ho già detto di finirla con le polemiche!»

Per fortuna ci fu chi venne in mio aiuto: «Veramente, madre, Sofia ha ragione!».

«Non siamo qui per decidere chi abbia ragione o torto, siamo qui per decidere se la generale può vivere con noi o meno.»

«Possiamo rifiutare?»

«Possiamo fare tutto, sorelle, ma vi invito a riflettere bene sulle conseguenze che potrebbe avere un rifiuto. Il nostro monastero è sede della Federazione da quasi vent'anni e proprio ora decliniamo la richiesta della nuova generale? Io, francamente, non mi prendo la responsabilità di tale rifiuto.»

«Per questo non volevi decidere da sola!»

Credo che se in quel momento avesse potuto incenerirmi l'avrebbe fatto, povera badessa!

Ovviamente la comunità decise di accogliere la nuova madre generale a braccia aperte! La nostra badessa ripartì rapidamente verso la sede del capitolo generale e alcune monache cominciarono ad avvertire mal di fegato, ma era solo l'inizio!

Nei tre giorni successivi a un'estremità di Roma si concludevano le votazioni per le monache che avrebbero coadiuvato la nuova generale e all'altra si lavorava per preparare alla neoeletta uno spazio accogliente, a lei dedicato. Preparammo lo studio e la sua stanza adibendo l'ala del noviziato a suo potenziale uso.

Così, alla fine della settimana, tornarono tra grandi acclamazioni la nostra badessa e la delegata insieme alla madre generale appena eletta che portò a farci conoscere, si fa per dire, le altre sorelle che l'avrebbero aiutata. Insieme a loro si unì anche la delegazione eritrea.

La realtà dell'Eritrea era complessa. La responsabile era una monaca partita giovanissima dal nostro monastero. Per anni aveva vissuto laggiù, sotto la protezione del vescovo locale, mal vista dalle monache italiane in quanto aveva infranto la clausura papale stabilita dalla Chiesa.

Anche se il Concilio aveva portato un certo clima di rinnovamento nella clausura, le innovazioni facevano breccia con grande fatica. Difficile cambiare mentalità di secoli.

Venne il gran giorno del trasferimento della generale al nostro monastero, che emozione!

Si sa, sulle prime le persone cercano di fare bella figura, di apparire monache perfette, macchine perfette, sarebbe meglio dire, poi ci si rilassa perché non si può fingere di essere macchine per tutta la vita, o meglio, perché anche le macchine si rompono!

In effetti, la generale a non essere così severa con se stessa; aveva le sue idee sul come gestire la casa, ma lei se lo poteva permettere.

Dopo qualche giorno si cominciò a sentire dalla tromba delle scale uno strano odore, come se qualcuno fumasse. Ovviamente, poiché donne, pare non sia consentito alle suore fumare.

Veramente non lo sarebbe neppure per i maschi, dato il voto di povertà, ma nell'ambito maschile tutto sembra essere più facile che in quello femminile. Quindi, che odore poteva essere?

«Bene, abbiamo anche una madre generale che fuma! Come siete strane voi italiane nelle vostre scelte» sentenziò una monaca eritrea che viveva da noi.

Eravamo molto amiche. La stimavo tanto perché aveva il coraggio di dire quello che noi non avremmo mai detto. In questo l'aiutava il suo essere «ospite», ovviamente!

«Dai, non dire così, Alganesh!»

«Perché non dovrei? Tutte lo avete pensato ma nessuno aveva il coraggio di dirlo. Io non sono della casa e la generale già odia tutte quelle come me, quindi non ho niente da perdere.»

Quel giorno, a ricreazione, la generale non ci onorò della sua presenza, così la domanda sorse spontanea: «Madre, ma la generale fuma?».

«Cosa? Ma come vi viene in mente un'idea del genere?»

«Si sente bene l'odore di sigaretta. Ormai è per tutto il convento.»

«Ma no! Deve essere il suo deodorante. Lei ama gli odori forti.»

«Il deodorante? E che fragranza è?»

«Guardate che ci sono i deodoranti al tabacco, care sorelline!»

«Madre, se la vuoi difendere fai pure, ma non prenderci per sceme!»

Così fu dichiaratamente chiaro che la neoeletta madre generale fumava pure. Nulla di male. Peccato che potesse farlo solo lei!

Ovviamente la sua presenza tra noi cominciò a diventare pesante. Lo sapevamo che sarebbe successo, ma è sempre sorprendentemente fastidioso essere controllati, giudicati e condannati in casa propria.

Spesso veniva a far visita in cucina, e sapeva cucinare molto bene. Insieme preparavamo piatti orientali e la badessa non poteva protestare sulla qualità del cibo.

Proprio in una di queste occasioni, una domenica in cui stavamo cucinando insieme, lei cominciò il discorso che temevo da tempo: «Sofia, come va la scuola di musica?».

«Bene, grazie! Sto lavorando alla composizione di una messa. Ho pensato di comporre dei nuovi brani per la solennità di Santa Chiara.»

«Quanto ti manca per finire?»

«Quest'anno dovrei diplomarmi e poi ci sarebbe un quinto anno di specializzazione in cui vorrei studiare organo e gregoriano.»

«Sai bene che quello che stai facendo è contro ogni regola della clausura papale che professiamo, vero?»

«Stefania, ho cominciato a frequentare questa scuola perché ho avuto il permesso dalla mia badessa e dall'allora generale. Immagino che entrambe abbiano chiesto a chi di dovere, prima di darmi il via libera.»

«Io ero profondamente contraria allora e lo sono anche adesso.»

«Di questo ne ero certa, so come la pensi.»

«Allora perché continui ad andarci?»

«Perché la mia badessa non me lo impedisce, perché mi piace e lo ritengo importante, e perché sei sempre stata proprio tu a insegnarci che, anche a livello ascetico, se si comincia una cosa la si porta a termine a qualsiasi costo.»

«È partita male dall'inizio, Sofia. Ti sei mai chiesta perché sei l'unica monaca che esce per studiare mentre le altre non lo fanno? Dovresti anche sapere, perché vi ho insegnato pure questo, che si studia prima di entrare in convento e dopo si fa quel che si può. Mi pare di avertelo sottolineato già in un'altra occasione, non vorrei ripetermi.»

«Senti, in questi anni la scuola è sempre stata pagata dai miei; i libri di testo sono sempre stati comprati da loro; persino gli strumenti sono riuscita ad averli tramite loro e l'aiuto di altre persone esterne. Non ho mai fatto pesare la mia scuola al monastero né a livello economico né a livello di assenza dalla comunità. Sono fuori due giorni a settimana, è vero, ma gli altri giorni non mi risparmio per nessun compito che mi viene richiesto. Ogni domenica passo la giornata in cucina e non rubo tempo alle liturgie della comunità. Non credo di aver mai dato motivo di lamentela a nessuno.»

«Non è questo il punto, Sofia. Tu hai creato un caso.»

«Non è vero. Quante monache vengono qui per andare da dottori di vario tipo? Parliamoci chiaro, Stefania, non hanno nessun problema eccetto la claustrofobia per lo stare qui dentro. Insomma, quando eri la biblista dell'ordine sembrava che i tuoi discorsi favorissero un pensiero di più ampia cultura per tutti.»

«La cultura è una cosa, Sofia, ma uscire dalla clausura per studiare è diverso.»

«Ma tu da monaca sei andata a Gerusalemme per un anno!»

«Il mio caso è diverso! Ero reduce da un'operazione e ho chiesto un anno sabbatico e poi io ho l'obbligo di fare continui aggiornamenti per potervi insegnare la Sacra Scrittura. Non vorrai mica paragonarti a me! Tu ora stai prendendo un diploma che non ti servirà a niente. Ti avviso, questa situazione deve finire.»

Cercai di far finta di nulla e continuai il mio lavoro. Sapevo bene che se aveva deciso di farmi passare dei guai sarebbe stata in grado di farlo; però sapevo anche che se avesse denunciato la situazione alla congregazione per i religiosi, avrebbe dovuto denunciare anche la badessa, sua ottima alleata nonché precedente madre generale. Il tutto mi sembrava piuttosto complicato, quindi non sapevo davvero quale mossa stesse studiando.

Un giorno, mentre stavo componendo delle musiche per i salmi responsoriali della messa della domenica, la madre badessa mi convocò nel suo studio di gran fretta.

«Sofia, devo parlarti urgentemente.»

«Dimmi, madre.»

«Ho notato che da alcune domeniche si cantano musiche strane per i salmi responsoriali.»

«Sono musiche che compongo io.»

«Lo immaginavo. Ma tu devi smetterla di fare queste cose. Non puoi permettertelo. Ci sono le musiche proposte dalla commissione liturgica, segui quelle.»

«Mi pare che tu stia esagerando, madre. Sto studiando musica apposta per poi poter comporre Non stiamo parlando di sinfonie, ma di ritornelli di salmi. Per diplomarmi devo presentare una messa completa!»

«L'esercizio accademico lo pratichi a scuola, non devi portarlo nella liturgia, che è un atto sacro.»

«Io sto studiando musica liturgica, non musica rock. Che senso avrebbe pensare che faccio musica liturgica solo per un puro esercizio accademico, come dici tu, che poi non posso portare dove è più naturale che sia, cioè nella liturgia?»

«Smettila di contraddirmi, Sofia. Non voglio più sentir cantare in chiesa qualcosa composto da te. Anche se dovrai comporre una messa non la suonerai mai in una celebrazione vera.»

«Ma la nostra preside dice...»

«Non m'interessa cosa dice suor Dolores! Lei è la tua preside, ma io sono la tua badessa e hai fatto voto di obbedienza a me, non a lei, quindi ora smetti di comporre musiche e ricordati che quanto fai a scuola non deve interferire nelle celebrazioni liturgiche del monastero. Do voce a tutte le monache dicendo questo.»

«A tutte le monache? E come si chiamano queste monache?»

«Questo non ti riguarda.»

«Non mi riguarda perché la comunità non c'entra. So bene chi ti sta manovrando e mi dispiace capire che ti lasci muovere dalla tua paura. Una volta ti stimavo, cara madre, ora hai perso ogni considerazione ai miei occhi.»

«Potrei dire la stessa cosa di te, Sofia.»

La guardai senza parlare e mi congedai prima di darle la soddisfazione di potermi vedere piangere.

Il giorno dopo arrivai a scuola e sia le mie compagne sia suor Dolores si accorsero che c'era qualcosa che non andava. Così parlai della situazione. Era bello andare a scuola anche per questo. Si era formato davvero un bel clima tra noi; ci confidavamo e ci aiutavamo a vicenda, anche solo ascoltandoci senza giudizio.

Era incoraggiante soprattutto sperimentare che, in fondo, oltre ogni diversità di denominazione e congregazione, i problemi erano poi uguali. Tutte dovevamo scontrarci con mentalità chiuse, inspiegabilmente chiuse.

«È assurdo che la tua badessa ti abbia detto una cosa del genere.»

«In realtà lei parla per bocca della generale. Credo sia stata minacciata; un controllo della congregazione non sarebbe proprio simpatico.»

«Be', magari non lo sarebbe per voi, ma mi piacerebbe che venissero qui a chiedermi ragione del fatto di aver preso una monaca di clausura. Allora ricorderei loro l'intento di Paolo VI nel fondare questa scuola. Poveretto, lui sentiva quanto le suore cantassero da galline ed è questo a rovinare la liturgia, altro che mancare alla clausura!»

L'anima antifranchista di suor Dolores era sempre incoraggiante!

«Poi vengono a farti storie dopo tanti anni che frequenti?»

«Fanno storie solo adesso perché Stefania ha il potere; è lei che muove tutto. Fino a ora la badessa non avrebbe potuto aggrapparsi a nulla perché si sarebbe contraddetta da sola e poi aveva la ex generale che credeva nella possibilità di studio delle giovani professe. Dall'altra parte non si potevano neppure far riferimento all'aggravante finanziaria, dato che tutto il percorso è sovvenzionato dai miei genitori.»

«Veramente non capisco queste dinamiche, comunque dovranno affrontarmi se vogliono che tu lasci la scuola.»

«Magari non nell'immediato, ma so che prima o poi questo è l'obiettivo finale.»

Nel frattempo, all'interno dell'ordine c'era un grande fermento per il lavoro di revisione delle costituzioni promosso dai rappresentanti delle tre famiglie clariane.

Nonostante ciò, cercavo di portare avanti la mia vita nel migliore dei modi, studiando e frequentando persone con cui poter avere dei confronti seri e costruttivi.

Ero riuscita a far accettare il fatto che ogni settimana incontrassi il mio padre spirituale e avevo conosciuto anche un altro sacerdote fantastico. Uomo incredibilmente ricco, mite e forte proveniente da una famiglia di origine ebraica.

Durante la guerra, a Roma, era riuscito a scampare ai rastrellamenti trovando rifugio dai padri orionini (congregazione fondata dal beato don Luigi Orione). Quest'esperienza lo aveva segnato così profondamente che decise di passare al cattolicesimo e restare nella famiglia religiosa che lo aveva protetto da giovane. Parlare con lui era piacevolissimo. Frutto maturo di una sintesi perfetta ed elegante tra le due tradizioni religiose, trasmetteva quella pacifica tranquillità propria di chi è profondamente radicato. Una quercia che dava forza.

Terminai, nel frattempo, i miei studi di musica conseguendo il diploma in animazione liturgico-musicale e decisi di continuare il percorso scolastico con l'anno di specializzazione.

Ma un'altra alba stava per sorgere sul monastero di Roma, su tutte noi. Ci stavamo preparando a una nuova elezione importante, quella della badessa.

Essendo la più giovane, sia come voce passiva che attiva, mi sentivo tranquilla di non poter neppure sfiorare il pericolo. Chissà se capita così anche ai papi!

Tutte votammo, ordinatamente, mettendo le schede in una piccola urna che il frate avrebbe aperto.

Così, una volta letti i nomi, il mio compariva le volte sufficienti per togliermi il diritto di voto e attendere il responso finale.

Della votazione successiva ricordo solo una domanda: «Sofia, accetti l'incarico?».

«Sì, accetto!»

Eravamo state elette in tre come responsabili del governo del monastero.

I tre nomi più criticati, le più anticonformiste.

Da una parte ero euforica, insieme avremmo davvero potuto fare qualcosa di nuovo. Tanti anni di lotte avevano veicolato un messaggio, si era aperta una breccia. Magari con fatica, ma le monache volevano cambiare!

Eppure mi sembrava strano. Era come se fosse stato tutto troppo semplice. Come mai avevano votato le tre persone che volevano il cambiamento?

Spesso succede che, specie per un governo, venga messo l'elemento progressista accanto a uno più conservatore.

Perché, questa volta, fu diverso? Come mai tanta voglia di rinnovamento e tanto coraggio da parte delle monache?

«Bisogna che tutto cambi perché tutto resti uguale» per citare un detto illustre. Le monache non potevano saperlo questo, ma forse è insito nell'istinto dell'essere umano.

Peccato che non ascoltai per molto il mio sesto senso, lasciandomi trasportare dall'entusiasmo di poter fare grandi cose. Pensavo che fosse davvero possibile ora che le monache avevano cominciato a fare scelte coraggiose. Avevo molti progetti e riflettevo su come poterli realizzare. Avevo iniziato, inoltre, anche il periodo di specializzazione, alla scuola di musica, per organo e gregoriano. Tutto mi sembrava andare per il verso giusto.

Anche la generale, che continuava ad abitare con noi, sembrava aver reagito bene alla rosa dei nomi uscita dal capitolo elettivo; anzi, ogni tanto veniva a chiedermi «consigli» per come muoversi con una monaca o con l'altra. Così trascorsero sei mesi, per me, di relativa pace.

Una mattina però suonarono alla porta.

«Buongiorno, sono padre Giacomo, vengo da parte del ministro generale. Avrei bisogno d'incontrare la badessa»

Quando si presentavano così voleva dire che dovevano parlare con le responsabili. Quindi ci riunimmo tutte e tre nella sala delle conferenze. Non avevo mai incontrato prima padre Giacomo ed ero piuttosto curiosa di capire che tipo di persona fosse.

«Care sorelle, mi chiamo padre Giacomo e vengo da parte del ministro generale. È abbastanza preoccupato perché sono arrivate delle segnalazioni a vostro carico.»

Noi tre ci guardammo con sguardi tra lo stupito e il rassegnato, e poi gli chiesi: «Che tipo di segnalazioni, padre?».

«Nessuna di voi tre rispetta la clausura, si stanno verificando episodi incresciosi, date troppo spazio alle persone esterne e, quel che è peggio, voi uscite troppo. Tu, per esempio, Sofia, questa storia della scuola di musica sta andando avanti da troppo tempo. Da quando una monaca di clausura può uscire a fare corsi o tenere concerti?»

«L'ho fatto con il permesso dei miei superiori!»

«Comunque, parleremo in seguito di questo. Ma solo a guardarti si vede che non hai la faccia della monaca.»

«Grazie del complimento, padre. L'avessi saputo anni fa non avrei perso tempo, ma non so quanto fidarmi di una persona che mi vede per la prima volta e già esprime tale giudizio.»

Ebbe da ridire su tutte noi, fino al punto che la vicaria intervenne: «Scusi, padre, ma le monache, quando hanno votato noi per queste cariche, sapevano chi eravamo. Ci conoscono da diversi anni, non siamo cambiate con il ruolo che abbiamo assunto. Non riesco a capire perché votarci per poi denunciarci alle alte sfere».

«Non c'è nulla da capire, ciascuno agisce come ritiene meglio fare e il generale, date le notifiche arrivategli dalla santa sede, mi ha chiesto di venire a vedere. Per questo vi rimuoverò dall'incarico, temporaneamente, e poi il generale deciderà cosa fare. Domani tornerò per incontrare tutte le monache. Prima faremo una riunione comune e poi parlerò singolarmente con ognuna, comprese voi, ovviamente. Nel frattempo potete informare la comunità. Sarò qui domani mattina per le dieci. Buona giornata, sorelle.»

Quando se ne fu andato, noi restammo ancora un momento a confrontarci.

«Sofia, sei riuscita a mantenere un ottimo autocontrollo. Come si può dire a una persona che non si conosce che non ha la faccia da monaca? Che discorsi fa?»

«Be', mi pare evidente la dinamica che c'è sotto tutto questo. "Siano promossi per essere rimossi" così recita il proverbio di palazzo. Ci hanno votate per farci trovare tra l'incudine e il martello. A questo punto ci rimangono poche possibilità: fare come vogliono loro, oppure lasciare l'incarico. Ma io sceglierò una terza possibilità: lasciare l'ordine.»

«In questo modo gliela darai vinta, Sofia.»

«Hanno già vinto, in un certo senso. Non sono capace di annullarmi per il capriccio di qualcun altro. La generale ha mosso bene le sue pedine e io non ho voglia di continuare il gioco.»

«Ma la tua resa è proprio quello che lei vuole.»

«Mi arrenderei se chinassi la testa e stessi a tutti gli ordini che mi verranno impartiti per bocca sua. No, grazie! Proverò a parlare ancora con questo simpatico padre Giacomo, ma credo sia già stato abbastanza chiaro.»

«Il brutto è che non possiamo neppure essere certe del coinvolgimento della generale, padre Giacomo non l'ha mai nominata.»

«Si dice il peccato ma non il peccatore. Pensi che qualcuna delle nostre monache abbia il coraggio o l'intelligenza di darti un incarico per poi denunciarti in modo che il vantaggio della posizione risulti un'arma a doppio taglio per chi la possiede? La generale ha gestito al meglio la vicenda per rimanere pulita. Vi faccio notare che è assente già da un mese e, caso strano, domani verrà qui la sua vicaria. Proprio il giorno in cui il monastero viene messo sotto commissione c'è anche la vicaria della generale, che caso fortunato! Ma non c'è lei, ovviamente!»

«Effettivamente ci ha messe in trappola.»

«Sembrerebbe così, ma non diamole troppa soddisfazione. Ognuna prenda le proprie decisioni e poi giochiamo le nostre carte nel migliore dei modi.»

Durante il pranzo informammo le monache della novità.

«Questa mattina è venuto a farci visita un certo padre Giacomo, da parte del ministro generale. Magari molte di voi hanno già capito il seguito, comunque sono arrivate delle segnalazioni sulle persone che voi stesse avete eletto responsabili della comunità. Quindi, da domani, padre Giacomo comincerà a incontrare tutta la comunità. Prima ci sarà una riunione comune e poi proseguirà con gli incontri individuali.»

Mentre lo dicevo osservavo le diverse espressioni delle monache. Ormai, per me, erano un libro aperto da diversi anni. Devo dire che, se non fossi stata tanto arrabbiata, sarei persino riuscita a divertirmi davanti a quella situazione.

L'alba del giorno dopo arrivò in fretta e ne fui contenta.

La riunione di comunità si svolse come previsto, ma almeno padre Giacomo non si comportò da maleducato.

I colloqui individuali iniziarono con me.

«Grazie, padre, per la scontatezza delle parole usate in riunione.»

«Cominci in modo duro il nostro incontro, Sofia.»

«Neppure lei è stato molto gentile ieri nei miei confronti. Devo ancora capire cosa significhi non avere una faccia da monaca, comunque ora non m'interessa. Volevo, invece, capire qualcosa di più importante. Lei viene qui in veste ufficiale, con un bagaglio d'informazioni che le sono state date da altri, sia sul mio conto sia sulla comunità. Mi è sembrato molto deciso nelle sue posizioni e vorrei chiederle se lei si sente investito da Dio nel compiere il ruolo che le è stato dato.»

«Certo che mi sento chiamato da Dio per essere qui.»

«Quindi lei crede di veicolare la parola di Dio per ciascuna di noi?»

«Sì, Sofia! Ogni superiore quando parla veicola la parola di Dio, la Sua Santa Volontà alle persone che interpella, dovresti saperlo.»

«Mi accorgo di sapere davvero poco e, date le informazioni che ha su di me, non dovrebbe stupirsi di questo. Però mi aspettavo la sua risposta esattamente così come l'ha espressa ed è per questo che le dico, ora in maniera ufficiosa e a suo tempo con una lettera ufficiale alla congregazione, che ho deciso di lasciare l'abito monastico.»

«Saggia decisione, Sofia. Dovrei dirti di pensarci meglio, in realtà, dopo tanti anni di vita monastica… Ma come hai detto prima, da ciò che so su di te, credo che questa tua decisione sia la cosa migliore da fare. Se desideri posso aiutarti per trovare un'altra congregazione, magari di vita apostolica, dove potresti entrare. Sai, ti vedrei molto più a tuo agio lì.»

«Grazie per l'interessamento, padre, ma forse non mi sono spiegata bene. Non ho più alcuna intenzione di sottostare a giochetti vari e ogni congregazione ha i suoi. Fin da piccola ho vissuto con le suore e conosco anche la realtà apostolica, che non ho scelto allora e non scelgo oggi. Evidentemente il mio percorso di suora è finito, non mi piacciono i ripieghi. Se in diciassette anni di vita monastica non ho saputo coltivare nulla, credo sia ora di cambiare campo.»

«Sono d'accordo, ma non devi dare la colpa a nessuno. Sei solo tu che hai sbagliato, fin dall'inizio. Non sei mai riuscita a entrare nello spirito autentico della clausura e hai cominciato a cercare altrove: nell'ebraico, nella scuola di musica. Tutte vie di fuga.»

«Come cambia la realtà a seconda dei punti di vista! Sono cresciuta nella fede molto di più con l'approfondimento dell'ebraico che non studiando il catechismo della Chiesa cattolica o ascoltando le inutili omelie domenicali. Ho studiato musica per offrire un servizio sempre più competente alla comunità che, da subito, mi ha messo a dirigere le liturgie. Non mi sono mai conformata a nessun tipo di potere, questo è vero, ma pensavo che Dio non fosse potere. E proprio perché credo nel cammino spirituale e umano che ho fatto in questi anni, proprio perché credo, come dice la Bibbia, che Dio è libertà, ho preso la mia decisione, di cui informerò personalmente la madre generale. Non si preoccupi di anticiparmi!»

«Nessuno ti contesta il fatto che tu volessi offrire un servizio competente, ma che tu abbia violato la clausura per andare a studiare.»

«L'ho fatto con il consenso dell'allora madre generale e del superiore dei frati che è la stessa persona che oggi mi accusa. Ho cominciato in seguito a una pubblica riunione presieduta dalla madre generale e dalla badessa della comunità. Avevo tutti i permessi necessari, non ho infranto nessuna regola. Non è un mio problema se i miei diretti superiori di allora non hanno chiesto tutti i permessi previsti.»

«I tuoi superiori di allora si sono sbagliati.»

«E se i potenti sguardi del Vaticano avevano notato questa terribile infrazione alla clausura perché aspettare fino a ora per dirmelo? Sono passati più di cinque anni e vi lamentate solo adesso? Avreste dovuto bloccarmi subito.»

«Ti ripeto che ci siamo sbagliati.»

«E io le ripeto che non m'interessa! Grazie per l'attenzione e per avermi offerto la riprova che troppo spesso, nei nostri ambienti, la volontà di Dio viene scambiata con la volontà politica, chiamiamola così!»

Me ne andai cercando di non sbattere la porta, ma ero davvero amareggiata. Un turbinio di sentimenti si facevano strada nel mio cuore e nella mia mente.

La prima cosa che decisi di fare fu andare a confrontarmi con il mio padre spirituale.

«Ho deciso di lasciare il convento.»

«Era ora, finalmente! Era da tanto che speravo che tu arrivassi a questa soluzione.»

«Perché non me lo hai mai detto?»

«Perché la decisione doveva essere solo tua. Le mie parole ti avrebbero influenzata troppo, tutto doveva partire da te. Ma ora raccontami con calma.»

Così gli narrai le vicende degli ultimi giorni.

Lui era davvero divertito e mi disse: «Ti ricordo, Sofia, la tua grande capacità di ridere. Tutto quello che mi stai raccontando è molto divertente e lo sai anche tu. Fai esperienza di quanto siano piccine le persone. Ti invito a godere delle tue capacità per metterle a frutto nelle scelte che farai. Hai visto bene che questo frate si ritiene possessore e dispensatore della volontà di Dio, regolati di conseguenza. Ti sei già data una risposta, ora puoi riversare la tua ricchezza in altri ambiti».

«Speravo che sarebbe potuta finire diversamente.»

«In cuor tuo hai sempre saputo perché sei stata eletta. Sapevi già che sarebbe successo. Il come è solo contingenza.»

Tornando a casa mi fermai all'ospedale dove era ancora ricoverato il mio amato dottore. Volevo che fosse tra i primi a sapere della mia decisione.

«Sofia bella! Sono contento che ti abbiano fatto entrare.»

«Veramente sono entrata senza farmi vedere dalle infermiere perché sapevo che mi avrebbero bloccata. La volta scorsa mi hanno fatto un sacco di storie.»

«Hai fatto bene, son contento di vederti. Come stai?»

«Sono venuta a darle una notizia e volevo che fosse il primo a saperlo e che lo sapesse da me. Ho deciso di lasciare il monastero.»

«È la tua vita e devi viverla al meglio. Non farti condizionare da nessuno e fai ciò che ritieni più giusto per te e per gli altri.»

Nel frattempo arrivò un'infermiera.

«Come ha fatto a entrare, sorella? Questa è una stanza riservata, nessuno sa dov'è ricoverato il dottore perché non dev'essere disturbato.»

«Quindi se ne vada, infermiera. Sofia non mi sta disturbando e se sa dove sono ricoverato è perché voglio che lo sappia.»

«Lasci stare, dottore, l'infermiera ha ragione, deve riposare. Ora vado. Volevo solo informarla. Tornerò presto!»

Gli diedi un bacio e lasciai la stanza. In altre circostanze mi sarei preoccupata che la cosa potesse giungere alle orecchie della badessa, ma ora, per varie ragioni, non avevo più nessun problema e poteva venire a conoscenza di qualunque cosa facessi. In quel momento cominciai di nuovo a sperimentare cosa fosse la libertà.

Rientrata al monastero trovai la vicaria della generale. Era arrivata da poco. Ci salutammo cordialmente e nessuna delle due accennò a quanto stava accadendo.

Il giorno dopo mi convocò.

«Allora, Sofia, come procede questa esperienza di governo?»

«Francesca, sei stata la mia vicemaestra, non far finta anche tu di non conoscermi! Perché mi chiedi ciò che già sai?»

«Hai già preso una decisione?»

«Sì!»

«Non sono qui per interrogarti, non sei tenuta a dirmela prima di aver parlato con la generale.»

«Tranquilla, non ho nessun problema, invece. Padre Giacomo mi ha dato la riprova che è inutile cercare di parlare tra persone adulte. È venuto qui con la delicatezza di un elefante in una cristalleria sventolando la presunzione di sapere tutto di tutte e di veicolare la parola di Dio. Poveretto! Neppure sa cosa dice. Chiaramente è influenzato da terze persone e non si interessa minimamente di capire come stiano effettivamente le cose. Il complimento più grande che mi ha fatto, senza neppure conoscermi, è stato quello di dirmi che dalla faccia si vede benissimo che non sono fatta per stare in clausura. Vorrei sapere se si comporta così con tutte le persone che incontra!»

«Sofia, non essere permalosa. Fregatene di quello che ti ha detto.»

«Se si presentasse sotto altra veste, certamente me ne fregherei come ho sempre fatto con la maggioranza dei frati conosciuti. Ma lui si presenta come visitatore da parte del generale. In questo momento è un mio diretto superiore che si aspetta una decisione ben precisa da me. Io l'ho presa e l'ho comunicata.»

«Secondo me sei stata troppo precipitosa nel dire che vuoi lasciare l'ordine.»

A quelle parole mi venne da ridere di cuore.

«Perché stai ridendo?»

«Per quello che hai appena detto, Francesca. Io ancora non ti avevo espresso la mia decisione, solo ti avevo detto di averla presa. Ne ho parlato ieri con padre Giacomo e tu oggi ne sei già al corrente. Questo significa che lui l'ha notificato subito alla generale e lei ti ha informata prima del tuo arrivo qui. Vedi, sono questi i giochi che detesto. Avevo detto a padre Giacomo che avrei informato la generale personalmente.»

«Ma tu sai che suor Stefania non potrà tornare qui prima del prossimo mese. Forse per questo padre Giacomo l'ha informata.»

«Per favore, Francesca, la politica non ha bisogno di essere giustificata, lascia perdere!»

«Comunque, Sofia, t'invito a non essere troppo permalosa. Il fatto che lui ti abbia detto qualcosa che tu ritieni scortese non significa che tu debba lasciare il convento.»

«No, infatti! È tutto molto più profondo della semplice maleducazione con cui un frate si esprime. Ciò che più mi infastidisce è l'arroganza di conoscere tutto quando in realtà si ignora ogni cosa.»

Nel frattempo dovetti sospendere le lezioni a scuola e motivare il tutto a suor Dolores, che rimase impressionata dalla situazione.

Trascorse il mese e padre Giacomo terminò il suo compito. Ci lasciò dicendo che sarebbe venuto il generale in persona a tirare le fila della faccenda. Nel frattempo, una di noi comunicò la decisione di lasciare l'ordine e un'altra chiese l'immediato trasferimento a un altro monastero.

La comunità si stava sfaldando. Sarebbe stata eletta un'altra badessa d'ufficio, probabilmente ne avrebbe preso il posto la madre generale, che tornò prima di quanto mi aspettassi.

Mi convocò subito.

«Hai qualcosa da dirmi, Sofia?»

«Nulla che tu non sappia già, presumo!»

«Guarda che io non volevo che tu arrivassi a decisioni drastiche, e ti invito a pensarci bene. Ormai sono molti anni che vivi in monastero, come pensi di riuscire a costruirti una vita fuori?»

«Grazie per l'incoraggiamento, ma cosa mi suggeriresti?»

«A me basta che tu lasci la scuola di musica e tutte le attività esterne, compresa la richiesta di incontrare il tuo padre spirituale. Accetta una vita claustrale come fanno tutte le altre senza pretendere di cambiare il mondo.»

«Interessante. Solo che non ci credo più!»

«Lasciare l'ordine è un passo senza ritorno, lo sai?»

«Mi sembra la soluzione migliore.»

«Forse sì, ma dovresti rifletterci bene. Potresti chiedere un anno di esclaustrazione.»

«Un anno di esclaustrazione per far cosa?»

«Per riflettere. Ti consiglierei di fare un periodo di esercizi ignaziani sotto la guida di un sacerdote da me scelto. In seguito, ti farei entrare, per qualche mese, in una comunità dove c'è una monaca che stimo particolarmente. Saresti seguita passo passo e avresti la possibilità di riflettere bene.»

«Stefania, grazie per il tuo interessamento. Davvero commovente. Ho riflettuto abbastanza e non sprecherò ulteriore tempo. Per quanto riguarda il rifarmi una vita fuori dal monastero, penso di essere ancora in tempo. Ho due genitori a cui appoggiarmi temporaneamente, e poi mi guarderò intorno.»

«Ti ricordo che hai già più di trent'anni!»

«Lo so! Però meno di sessanta! Tu sai benissimo che questo monastero chiuderà a breve, visti gli ultimi sviluppi, e sai anche che il generale dei frati non farà assolutamente nulla per impedirlo.»

«Il generale avrebbe voluto che si chiudesse questo monastero diversi anni fa, se è per questo, ma l'allora badessa non volle, e poi la centralità della casa faceva comodo alla Federazione.»

«E ora non più?»

«Forse, a breve, dovrà finire anche la realtà della Federazione.»

«Logico! Questo spiegherebbe perché si sono misteriosamente interrotti i lavori sulle costituzioni. Giocate troppo con le persone.»

«Le persone entrano in clausura per fare un cammino di purificazione e devono accettarlo così com'è, senza fare domande o obiezioni.»

Ci fu un attimo di silenzio, quindi la madre generale aggiunse: «Stando alle regole dovremmo darti dei soldi, ma visto che siete in due ad aver deciso di uscire e tu hai ancora dei genitori su cui poter contare, mentre l'altra no, pensavo di aiutare lei piuttosto che te, a livello economico. Credo tu possa capire».

«Come hai detto tu, la regola sarebbe che ne abbiamo diritto entrambe. È vero che non finirò in mezzo a una strada, anche se i miei non navigano nell'oro e con tutto quello che hanno fatto per i monasteri in questi anni un segno di riconoscenza non guasterebbe. Comunque fai pure come ritieni meglio, d'altronde lo hai sempre fatto!»

Così lasciai la sua stanza. Ormai ero decisa e più parole sentivo più mi convincevo di dover agire. Così scrissi la lettera per chiedere l'indulto, ossia il permesso per lasciare l'ordine monastico.

Io, suor Maria Sofia,

secondo quanto stabilito dal Canone 691, conforme alle nostre costituzioni al n. 212, mi rivolgo a te, madre badessa, dopo ponderata riflessione e attento discernimento, facendo richiesta di indulto per lasciare l'Ordine delle Clarisse Cappuccine e il monastero Sant'Urbano in Roma.

In fede.

Feci copia di tale lettera per la generale e per il generale dei frati che, per inciso, non si era più presentato al monastero, e poi la spedii alla congregazione per i religiosi da cui dovevo attendere il nulla osta.

Da parte sua, la generale partì il giorno dopo senza dire quando sarebbe ritornata.

Una settimana più tardi arrivò, dalla congregazione, l'annullamento dei miei voti. In una sola settimana venivano annullati diciassette anni! Senza una parola di più, senza chiedere le motivazioni, senza che nessuno provasse a farmi cambiare idea o mi chiedesse il perché.

Ovviamente non me lo aspettavo dall'ambiente monastico, ma dalla congregazione sì. Possibile che siano così abituati a persone che se ne vogliono andare da non domandarsene neppure il motivo, e dopo tanti anni, per giunta?

Devo ammettere che la cosa mi lasciò piuttosto delusa. Certo ero libera di andarmene quando volevo, ma mi era sembrato così terribilmente semplice averlo ottenuto.

Quando ne parlai alla comunità mi risposero che la celerità nell'accordare l'indulto deriva dal fatto che la chiesa rispetta la libertà altrui e non può trattenere nessuno controvoglia.

Mi veniva da sorridere; la Chiesa rispetta la libertà quando una persona se ne vuole andare e non quando fa parte di un ordine. Che assurda idea di libertà!

Avrei dovuto avvertire anche i miei genitori della decisione e dell'imminente partenza. Se la congregazione mi aveva liberata così in fretta, voleva dire che era meglio andare via altrettanto in fretta. Forse era stato tutto già progettato nei particolari. Così telefonai a casa.

«Ciao, mamma. Volevo avvisarvi che la prossima settimana torno a casa.»

«Che bello! Ti hanno dato un permesso? Hai già avvisato le suore a Rapallo?»

«Mamma, non vengo a casa per una vacanza, vengo a casa definitivamente! Andrò a Rapallo, ma non dalle suore. Se fosse libero l'alloggio di via Firenze, avrei intenzione di andare a vivere lì.»

Ci fu un attimo di comprensivo silenzio dall'altra parte.

«Sei svenuta, mamma?»

«No, ma non ho capito niente di quello che hai detto.»

«Ho detto che il mio periodo come monaca è terminato e torno alla vita esterna, ma avrò bisogno di una casa, quindi ho pensato a Rapallo in modo che potremo essere abbastanza vicini e, nello stesso tempo, avrò una mia indipendenza.»

«Ma perché non torni a vivere con noi?»

«Mamma, non prendertela, dopo tanti anni di vita comunitaria vorrei proprio vivere per conto mio e gustarmi la libertà. Avrei bisogno, però, che mi veniste a prendere perché ho molti scatoloni da portare con la mia roba, soprattutto libri e strumenti musicali. Non posso fare il viaggio da sola.»

«Ci mancherebbe! Logico che ti veniamo a prendere. Solo che ci lasci senza fiato dopo tanti anni. Cos'è successo?»

«Per telefono è inutile che ti spieghi; troppo lungo. Avremo tempo per questo. Direi che domenica prossima dovrei essere pronta a partire.»

Quindi, avuta la disponibilità anche dai miei genitori, fissai la partenza.

Rimaneva un piccolo particolare da considerare. Non avevo vestiti e non potevo certo tenere quelli da monaca, così chiesi di potermi comprare qualcosa, giusto per avere un cambio e dei vestiti da mettermi per la partenza. Una monaca mi rispose: «Spero che i vestiti te li compri la generale. Già la comunità non ha soldi, ci manca che dobbiamo anche vestire chi se ne va».

«Tranquilla. Non ho chiesto capi firmati, solo qualcosa per poter varcare la soglia del monastero verso una realtà che spero migliore. Comunque i soldi, in qualche modo, si trovano, e non saranno un paio di pantaloni e una maglietta a mettere a repentaglio le finanze della comunità. Dopo tredici anni di vita insieme, mi aspettavo qualcosa di diverso, francamente!»

Così andai a comprarmi qualcosa accompagnata dalla segretaria della generale.

«Come ti senti, Sofia?»

«Tutto sommato, direi bene!»

«Sai, apprezzo molto la tua comunità, ho notato che nessuna monaca ha fatto scenate per la tua decisione, questo è segno di maturità.»

«Sei molto positiva, brava! Forse hai ragione. Dal mio punto di vista, invece, mi sarebbe piaciuto qualcosa di diverso. Non certo scenate, ma neppure l'indifferenza o la sensazione di stare seguendo uno spartito scritto da altri. Ho un po' la sensazione di aver vissuto per tanti anni in una realtà come estranea. Che nessuno evidenzi più chiaramente segni di disappunto per la mia decisione, come per quella delle altre sorelle, la trovo una cosa poco positiva, francamente. Comunque è vero che chi vive le situazioni in prima persona è sempre meno lucido per poter valutare tutte le contingenze esterne.»

Per la domenica successiva era fissata la data della mia definitiva partenza dal monastero. Era impressionante come tutti quelli a cui lo dicevo si mostrassero contenti. Certo, sapevo anch'io che era la decisione migliore da prendere, ma era anche un passo importante. Mi lasciavo alle spalle diciassette anni, una vita.

Era una scelta in cui avevo creduto e gli altri sembravano non considerare questo particolare. Mi sentivo come se, in un certo senso, calpestassero una parte di me, il loro entusiasmo mi dava quasi fastidio. Avrei gradito un po' di empatia nel capire che poteva essere un passo non proprio facile o scontato.

Della madre generale nessuna notizia fino alla sera prima della mia partenza.

Si presentò all'improvviso per l'ora di cena e mi convocò nel suo studio.

«Sono venuta appositamente per salutarti.»

«Devo prenderlo come un onore?»

«Ora che lasci il monastero, cosa intendi fare della tua vita?»

«Ci penserò giorno per giorno.»

«E il tuo padre spirituale? Come farai ora che andrai lontano da Roma?»

«Credo che ormai siano argomenti che esulano dalla tua competenza. Comunque grazie per essere venuta e aver avuto la delicatezza di salutarmi. Anche a te auguro buona vita.»

Il mio periodo in monastero è stato lungo.

Ho incontrato persone fantastiche; non mi riferisco solo a monache. Quanti amici straordinari fuori dalle mura! Evidentemente avevo bisogno di quel percorso anche per prendere le distanze da una certa idea di Dio, per capire che tutti gli schemi a cui fin da piccola sono stata abituata devono crollare per scoprire Dio.

Quante profonde tradizioni religiose ho conosciuto. A questo punto sono pronta per una grande «conversione», un cambiamento radicale di tradizione religiosa, ma a cosa servirebbe?

Sarebbe un ennesimo colpo di scena nella mia vita, una bella svolta per la mia famiglia, ma cosa serve a me?

Semplicità e libertà sono le due parole che risuonano come risposta. Ho bisogno di essere libera da schemi esterni per scoprire la mia essenza.

Ora sono finalmente nella condizione in cui posso realizzare il mio ideale di religiosità; conoscere il più possibile di diverse tradizioni per poter godere il bene di ciascuna in una sinfonia di voci che portano la risonanza della Verità Divina.

# Capitolo decimo

Uscita dal monastero mi misi alla ricerca di un modo di vivere che mi garantisse indipendenza e solitudine. Credevo di dover continuare su un certo tipo di cammino. Conobbi, così, le oblate di Cristo Re attraverso il vicario episcopale di Chiavari.

Ho incontrato la loro rappresentante, Rita, la quale mi ha spiegato come un'oblata, pur essendo consacrata, è libera dagli obblighi comunitari e può gestire in autonomia la sua vita e il suo lavoro.

Nel frattempo cercavo pure un lavoretto per cominciare a badare a me stessa. Una donna di trentaquattro anni, assente da diciassette dalla vita sociale concreta, che se ne arriva fresca da un monastero di clausura e va a cercare un lavoro... non era semplice.

Rita mi invitò a Sestri per vedere l'ambiente e conoscere qualche altra oblata. Feci buona impressione e anche a me interessava capire il loro mondo, così mi assunsero.

Per i mesi estivi aiutavo nelle mansioni per cui c'era più bisogno. Dall'autunno fui registrata, tramite regolare contratto, come insegnante di musica e canto liturgico e insegnante d'italiano per le nuove ragazze del Ruanda, che sarebbero presto arrivate.

All'inizio, Rita fu molto generosa. Mi pagò l'intero primo

anno scolastico e l'abbonamento al treno, e anche lo stipendio non era da disprezzare.

Nel frattempo le oblate lavoravano per farmi conoscere la loro regola e la spiritualità del fondatore, e mi facevano partecipare a incontri ed eventi sulla pastorale delle famiglie, che cercavano di curare con particolare attenzione.

Lì conobbi anche Cristina, con la quale s'instaurò presto un rapporto molto bello. Condividevamo molte cose, e lei si sentì libera di farmi notare tutti i difetti del loro modo di vivere e di Rita stessa.

Rita nel frattempo mi parlava della comunità, mi confidava alcuni problemi che aveva con oblate più o meno giovani e mi coinvolgeva, a pieno ritmo, anche nella formazione delle novizie: facevo dei piccoli corsi sulla Bibbia.

Onestamente, da parte mia, mi sentivo anche un po' a disagio quando venivo coinvolta troppo nelle vicende comunitarie e, a modo mio, cercavo di farlo presente, ma loro dicevano che la mia esperienza comunitaria poteva essere molto preziosa per loro.

Poi arrivò il giorno in cui Rita mi consegnò la regola delle oblate dicendomi di studiarla e che presto ci saremmo incontrate per parlarne.

Era semplice e sintetica e destava in me molti punti di curiosa perplessità, proprio in forza dei trascorsi diciassette anni. Più mi parlavano di questa regola, più mi sembrava che delle invisibili maglie si stringessero intorno a me, fino a che arrivò la richiesta da parte di Rita: «Scrivi due righe che io possa presentare alla comunità per ufficializzare la tua posizione davanti. Possono essere anche generiche».

Premetto che, durante i primi mesi estivi in cui ho collaborato con loro, Rita aveva organizzato un incontro con tutta la comunità, affinché raccontassi loro la mia esperienza monastica. A dire il vero, capii poco quell'incontro. Lei mi disse che serviva per introdurmi, perché era giusto che tutte conoscessero le nuove dipendenti da assumere.

Scrissi la richiesta per ufficializzare la mia posizione cercando, anche sotto consiglio di Cristina, di essere più generica possibile. Scrissi che ero interessata a conoscere meglio e più da vicino la spiritualità di padre Mauri, per una mia personale valutazione circa una prossima scelta di vita. A questo seguì un incontro molto pomposo tra me e Rita, cui si aggiunsero ospiti esterni come, per esempio, l'incaricata nazionale per la formazione delle aspiranti, il tutto per analizzare la regola che mi era stata data e che avrei dovuto studiare nel frattempo.

Rivolsi anche delle specifiche domande: cosa, in pratica, può o non può fare la superiora delle oblate? Qual è effettivamente la libertà d'azione e scelta autonoma che un'oblata ha?

Le loro risposte furono prevedibili e già sentite per me.

Finito l'incontro, in cui fui subito sicura di quanto non dovessi fare, Cristina mi disse: «Sai bene che se hai fatto queste domande significa che questo non è il tuo posto, e sai anche quanto poco veritiere sono le risposte che hai ricevuto. Dopo tanti anni di clausura, mantieniti libera!».

«La penso esattamente come te, ma ho voluto chiedere tutto per vedere e capire quanto questi ambienti siano uguali tra loro e quanto le suore superiori ragionino allo stesso modo. Non ho nessuna intenzione di legarmi più a nessuna regola, comunità o superiora di sorta.»

Avevo descritto il mio interesse nell'approfondire la conoscenza dell'ordine e quelle che, per me, erano solo due righe generiche, Rita le trasformò in impegno, o almeno così le trasmise alla comunità. Un giorno mentre stavamo prendendo il caffè, insieme alle due oblate più giovani della comunità, ruandesi tra l'altro, Rita mi disse: «Tu farai gli esercizi spirituali nel turno delle oblate che va dalla fine di settembre ai primi di ottobre».

Rimasi gelata. Era come aver fatto un salto nel tempo, indietro di mesi, forse di anni, a quando c'era una badessa che decideva per me. Ovviamente mi ribellai dicendo che, se avessi ritenuto di fare degli esercizi spirituali, li avrei fatti a Roma con il sacerdote che da anni mi seguiva.

La risposta di Rita fu assoluta: «Se proprio vorrai, farai anche quelli, ma questi devi farli perché sono il segno ufficiale dell'inizio di formazione all'interno del nostro ordine. Poi ti abboneremo qualche passaggio per farti arrivare prima alla professione, ma questi esercizi sono importanti».

Non riuscivo a credere alle mie orecchie. Mi aveva già cucito addosso il futuro come se io fossi stata una cosa di sua proprietà! Come farebbe ogni altra madre badessa, ogni altra superiora di un qualunque monastero di clausura. Era terribile!

Il giorno dopo decisi di affrontarla in privato. Non ero assolutamente più disposta a concedere a nessuno il potere sulla mia vita e glielo dissi in modo netto. Sapevo, ovviamente, che stavo giocandomi la possibilità di continuare a lavorare lì, ma mi era impossibile sottomettermi di nuovo a quel gioco.

Da allora Rita divenne un'altra persona nei miei confronti: non pranzammo più insieme, mi tolse, poco alla volta, gli incontri biblici con le oblate più giovani e cominciò a evitare accuratamente d'incontrarmi o avere a che fare con me. Alcune oblate che venivano da fuori Sestri mi avevano invitata a tenere degli incontri biblici nelle loro zone, ma anche di questo non si parlò più. L'ultimo periodo di collaborazione lavorativa, infatti, lo trascorsi in portineria.

Il mio contratto scadeva a settembre e non vedevo Rita almeno dal mese di maggio. Arrivò però casualmente in portineria un giorno di fine agosto, e le sollevai il quesito del contratto. Lei, serafica, rispose: «Sì, era da un po' di tempo che volevo dirti che non ti verrà rinnovato, perché non abbiamo più la possibilità di mantenere troppi dipendenti e le tue mansioni non sono una necessità per la comunità, in questo momento. Certamente ti terremo presente come musicista per le liturgie, se e quando avremo bisogno. Magari, se la comunità vorrà, potrai venire qualche volta per aiutare un po' nelle prove di canto, ma non potrà più essere un impegno fisso come lo è stato quest'anno. Poi, secondo me, la scuola che stai facendo è una perdita di tempo, e tu dovresti indirizzare la tua intelligenza verso qualcosa che possa garantirti anche un futuro. Dovresti essere un po' meno orgogliosa e cercare di dedicarti allo studio serio, riprendendo gli anni persi delle superiori per poi iscriverti all'università. Nel frattempo affidarti ai tuoi genitori per il lato economico senza pretendere di mantenerti da sola. Solo così potrai sperare di avere qualcosa di concreto, un domani».

Stentavo, nuovamente, a credere alle mie orecchie.

Lei, però, era perfetta, una vera superiora, totalmente investita del suo ruolo che la faceva sentire sicura di poter governare la vita degli altri, decidendo lei nel bene e nel male.

Risposi che credevo al percorso educativo intrapreso e che solo il pensiero di dover affrontare, alla mia età, un percorso scolastico classico era fuori dalle mie possibilità e dai miei interessi.

Questo fu l'ultimo incontro avuto con Rita. Non la rividi più nemmeno l'ultimo giorno di lavoro.

# Capitolo undicesimo

Tornata alla vita comune, fuori dalle protette mura monastiche, serbavo nel cuore una curiosità.

Capitava spesso in monastero che si facessero accesi dibattiti di teologia e devozionismo.

Le monache più tradizionaliste erano affascinate dalle tante apparizioni mariane. Anche Giovanni Paolo II considerava favorevolmente i veggenti.

La corrente opposta, invece, guardava a tali fenomeni come contrari a una fede autentica e matura basata sull'essenzialità della Sacra Scrittura.

All'interno del monastero facevo parte, in modo assolutamente convinto, della seconda schiera, pur coltivando una certa curiosità verso i luoghi delle apparizioni. Sicuramente visitarli avrebbe voluto dire conoscere meglio le ragioni profonde di chi decideva di andarvi, al di là del credere o meno nelle manifestazioni stesse.

In monastero, ovviamente, era rimasta una curiosità interiore che potevo condividere solo con poche suore. Ora, invece, potevo lanciarmi nell'avventura di un pellegrinaggio.

Scelsi il luogo che più fa discutere a livello ecclesiale-teologico, tanto dibattuto, all'epoca, tra lo stesso Giovanni Paolo II e l'allora segretario della Congregazione per la dottrina della fede, cardinale Joseph Ratzinger: Medjugorje! E decisi di scrivere una sorta di diario per tenere nota delle esperienze di quei giorni di viaggio.

*30 ottobre*

Il mio pellegrinaggio a Medjugorje inizia dalla Spezia in un pomeriggio caldo e assolato. Un bel pullman giallo da cinquanta posti tutti prenotati da fedeli.

Mi colpisce, da subito, il fatto che quasi tutti i partecipanti siano già stati più volte a Medjugorje e mi chiedo perché ritornino tanto spesso.

Secondo me un pellegrinaggio dovrebbe essere una sorta di chiamata, un appuntamento con la vita, una svolta. Come può avvenire di continuo?

Mi sento un pesciolino fuor d'acqua. Quasi una «colpa» il mio non esserci mai stata sino a oggi. Mi guardo intorno un po' perplessa; qual è il confine tra fede e superstizione?

Il gruppo è guidato da padre Fiorenzo, un benedettino, e già questo mi stupisce. L'ordine dei benedettini è molto antico e legato a tradizioni bibliche profonde, come possono aderire a manifestazioni che la Chiesa non riconosce pienamente?

Sin dall'inizio del viaggio ci viene fatto omaggio di un sacchetto di stoffa, con impressa l'immagine della Madonna di Medjugorje, contenente un vangelo e un rosario. La ragazza che ci fa da guida lo presenta come «kit di sopravvivenza» in quanto contiene la parola di Dio.

Incredibile!

Pensavo che la parola di Dio nutrisse la fede facendo crescere chi l'accosta, più che essere un «kit di sopravvivenza». E poi, chi mi ha sempre guidata nel mio cammino spirituale mi ha ben detto che il Vangelo, separato da tutto il patrimonio biblico del Primo Testamento, risulta incomprensibile. Gesù è un maestro inserito nella tradizione ebraica del suo tempo, se questa viene ignorata come si può comprendere il suo messaggio più autentico?

Durante il viaggio si prega a tutte le ore. Per meglio dire, si recita il rosario a tutte le ore.

A ogni posto di blocco della polizia infatti si recita un rosario come per scaramanzia, e il mio dubbio iniziale cresce sempre più: fede o superstizione? Al superamento di ogni dogana invece si prega la Madonna sino a quando il controllo non è finito.

*31 ottobre*

Dopo sedici ore di viaggio siamo arrivati. La giornata è veramente stupenda. Più che autunno sembra primavera. Sarà anche per i fiori che in questi giorni addobbano le strade e i cimiteri. Qui soltanto nella ricorrenza dei santi e dei morti possono essere depositati fiori veri nei cimiteri, mentre nei restanti periodi si possono usare solo quelli finti. Anche questo desta la mia curiosità. Il fiore reciso è simbolo di Cristo che è simbolo di vita, per questo ha senso portare i fiori al cimitero, ma se ci mettiamo quelli finti che simbolo sono? Certo sono più comodi, ma se perdiamo il senso del simbolo a cosa si riduce la fede?

La prima cosa che viene da pensare arrivando a Medjugorje è: ma questa Madonna è riconosciuta solo dagli italiani?

L'unica lingua che si sente parlare nelle strade, negli esercizi pubblici, negli hotel, è l'italiano. Anche le insegne sono in italiano e slavo.

Medjugorje significa «in mezzo alle colline», e si trova in effetti tra due colline. Tutto sembra studiato appositamente per infondere nel cuore dei pellegrini un senso particolare di inquietudine sottile, quasi inspiegabile e latente. Comincio a sentirmi leggermente a disagio.

La chiesa di San Giacomo è molto grande, ma non sufficiente per accogliere tutti i pellegrini. L'ingegnere che la progettò, in tempi non sospetti, era considerato un esaltato.

Mi vengono in mente i commenti rivolti a chi ha costruito la seconda basilica di San Giovanni Rotondo, in onore di padre Pio. Quanti pellegrini anche lì! Se ne parla molto meno. In quel caso non è stato incolpato l'architetto, ma l'esibizionismo dei frati, e così si è fatto anche per le basiliche ad Assisi in onore di San Francesco e Santa Chiara.

Poco distante dalla chiesa di San Giacomo c'è il cimitero dove è sepolto il parroco che guidava la parrocchia al momento delle prime apparizioni. Lui è morto di infarto nel 2000, tornando da un pellegrinaggio sul monte. Il giorno dopo sarebbe apparsa la Madonna a un altro parroco per informarlo che il prete morto ora era in paradiso con lei. Praticamente un santo, anche se la Chiesa non ha mai preso in esame la sua causa. E si capisce il perché! In queste circostanze la Chiesa segue una sua pedagogia: se un'apparizione è autentica, chi la riceve deve dimostrare talmente tanto distacco e libertà da essere disposto a lasciare un incarico o un luogo.

Così il parroco di allora fu invitato ad allontanarsi dalla diocesi e dai veggenti, ma lui rifiutò e la Chiesa lo sospese. Sembra, però, che lui non se ne curò, continuando a esercitare e a seguire le apparizioni.

Speriamo che la Madonna lo abbia premiato davvero con il paradiso anche se, volendo essere pignoli, il buon parroco avrebbe dovuto far precedere l'obbedienza alla Chiesa piuttosto a quella nei confronti della stessa Vergine Maria.

Questo è il senso del voto di obbedienza che la Chiesa fa emettere ai suoi rappresentanti ufficiali. Da questa strettoia sono passati un po' tutti. Un ennesimo mistero di Medjugorje!

Di fianco al cimitero la statua del Cristo risorto. Una statua non bella, di cemento armato rivestito da una corazza metallica.

Quando mi sono avvicinata, la statua ha cominciato a lacrimare copiosamente. Dico lacrimare perché pare che gli studi fatti abbiano dimostrato trattarsi di vere e proprie lacrime che in certe occasioni escono dalla statua. Nello specifico dalla parte posteriore della gamba sinistra. Altro mistero! Come escono lacrime da una gamba?

Mi viene in mente il caso della Madonna di Civitavecchia, almeno mi sembra fosse lì. Dai suoi occhi scendevano lacrime di sangue. Peccato che si scoprì essere più un gioco di prestigio messo in atto da abili personaggi che non una vera manifestazione divina. Già, perché, come dice la Bibbia a proposito delle teofanie, Dio si trova nella voce silenziosa di un vento sottile.

Dopo il pranzo veloce in hotel, è già ora di partire per una passeggiata ai piedi della collina, per raggiungere la croce azzurra dove la Madonna sarebbe apparsa in talune circostanze.

Lungo il percorso, migliaia di negozi di souvenir sono sorti negli ultimi anni. Chi non ha ancora i soldi per aprire un negozio espone le proprie cose sull'erba, su banchi di fortuna e sui pianali delle auto.

Più che un luogo di pellegrinaggio sembra una fiera!

Ci fermiamo a visitare la casa che fu abitata da una delle veggenti. Nella stanza delle apparizioni una ragazza del nostro gruppo improvvisamente sviene e si adagia al suolo. La guida ci invita a far finta di niente perché pare che il fenomeno sia normale. *Bell'amore!*, penso dentro di me. Se uno si sente male non lo si può neppure aiutare. Così mi rivolgo alla mia compagna di viaggio dicendole: «Per favore, se dovessi sentirmi male io, fregatene di quello che dice la guida e aiutami».

Dopo alcuni minuti la giovane rinviene e si alza da sola. Che scene patetiche! Saranno preparate prima, ecco perché la si doveva ignorare. Se una persona viene aiutata dal suo prossimo è sicuramente meno eclatante che se viene sorretta dalla Madonna stessa, che la rialza prontamente! Decisamente la mia opinione sulla superstizione si rafforza sempre di più.

Raggiungiamo il sito della croce azzurra quando quasi fa buio. In realtà di croci con sotto la statua della Madonna ce ne sono più di una. Il tutto è molto suggestivo, con i lumini accesi e i negozi dei commercianti che diffondono tutti la stessa accogliente musica religiosa. Anche questo crea una sorta di ipnosi latente tra i fedeli.

La strada del ritorno è più difficoltosa dell'andata. Oltre alle pietre non proprio levigate cosparse lungo la via, il buio di certo non aiuta. Ci perdiamo, infatti, in quattro, e per rientrare attraverso la campagna ci orientiamo con le luci lontane della cittadina. Già mi vedo sulle prime pagine dei giornali: «Nuove sparizioni a Medjugorje!».

Il pellegrinaggio verso il luogo sacro continua anche nelle ore notturne. Probabilmente questo fatto contribuisce a favorire le morti traumatiche e le sparizioni di fedeli (circa quindici all'anno) che molti attribuiscono invece a eventi satanici o rapimenti divini.

Un altro aspetto che mi va un po' stretto è l'obbligo di dover partecipare a tutte le funzioni, mentre vorrei un po' di silenzio, un attimo di pace per entrare davvero in me stessa e ascoltare.

Rientriamo in hotel giusto in tempo per la veloce cena delle sette e mezza. Poi tutti in chiesa per la venerazione notturna.

A proposito degli alberghi di Medjugorje, scopriamo che anche uno dei veggenti ne ha aperto uno da queste parti. D'altra parte di sola veggenza non si vive...! Strano però, proprio il Vangelo, che ci hanno regalato all'inizio del viaggio, dice: «Non di solo pane vive l'uomo, ma di ogni parola che esce dalla bocca di Dio». Forse dalla bocca della Madonna escono parole meno nutrienti. Che peccato!

La venerazione è seguita da moltissimi pellegrini. In chiesa non c'è spazio per tutti. Circa un migliaio di persone devono accomodarsi nelle panche all'esterno, al freddo, e seguire l'evento attraverso lo schermo gigante. Noi siamo tra quelli. Sarà il caso di richiamare l'ingegnere per progettare un'altra basilica? Magari su commissione degli stessi veggenti affinché i più deboli non muoiano assiderati!

*1 novembre*

La domanda sorge spontanea. Se la Madonna esiste davvero, cosa c'è di eccezionale nel fatto che Ella possa apparire ai fedeli?

Semmai sarebbe anomalo che non desse segni di Sé!

Sono fermamente convinta che la Madonna non sia legata a tempi e luoghi, sarebbe un atteggiamento troppo umano. Quante volte commettiamo l'errore di limitare le realtà divine alle nostre piccole mentalità umane.

Noi siamo limitati ancora da un corpo incapace di espandersi, ma il paradiso è onnipresenza. Come recitano i saggi rabbini: «Dio è dove l'uomo lo lascia entrare». Questo è il più grande insegnamento che abbiamo da Adamo. Dio decide di rispettare le decisioni dell'uomo.

La Madonna ci vuole ricevere con un clima mite e soleggiato.

Dopo colazione c'è la messa di Ognissanti nella chiesa di San Michele. Si parte, poi, per la collina delle prime apparizioni: Podbrdo.

Superato un sentiero impervio di pietre carsiche, si giunge sotto la Madonna in marmo di Carrara, donata da un coreano al cui figlio era stata fatta la grazia. Proprio qui i cinque veggenti bambini avevano, per primi, colloquiato con la Madonna nel 1981.

Già nella santa messa della mattina si verificano strani fenomeni nel nostro gruppo. Improvvisamente Silvana si sente toccare la schiena durante la funzione, ma quando si volta non vede nessuno.

Una ragazza di Lerici aveva acquistato un anellino di argento durante il pellegrinaggio dell'anno precedente. Con il trascorrere del tempo l'anellino aveva però perso il brillantino incastonato. Oggi, al ritorno a Medjugorje, il brillantino è tornato miracolosamente al suo posto.

Questo mi fa venire in mente un episodio della mia infanzia. Anch'io, da piccola, ero particolarmente attratta da anelli e braccialetti e con i miei genitori si visitavano spesso santuari mariani, ben più vicini!

Per me era un rito, ogni volta, passare al negozietto dei souvenir, e comprarmi anellino e braccialetto mi faceva molto felice.

Un giorno, giocando nel prato della casa in campagna, persi un braccialettino nuovo appena preso al santuario di Montallegro. Corsi in casa a raccontare l'accaduto e le risposte furono diverse: «Possibile che non stai mai attenta a quello che fai, Sofia?»; «Dai, la prossima volta ne compriamo un altro»; «Sei un po' cattivella e la Madonna te lo ha fatto capire».

Quest'ultima fu la peggiore di tutte, un po' come quando si minacciano i bambini di fare i bravi, altrimenti arriva l'uomo cattivo che li punisce.

Povera Madonnina. Ora mi chiedo se anche questa ragazza di Lerici è stata fatta sentire in colpa per aver perso il brillantino, ma sono felice che lo abbia ritrovato. Se ha continuato a portare questo anello ugualmente, significa che per lei ha un grande valore ed è bello che lo riabbia integro!

A Medjugorje la Madonna ha voluto il sorgere di numerose associazioni dedite all'assistenza dei bisognosi.

Nel pomeriggio siamo andati a visitarne due. La comunità delle suore francescane si occupa di orfani e donne maltrattate, così come la comunità del Cenacolo. La Casa di accoglienza di don Primo, invece, ospita ragazze affette da sindromi psichiatriche.

In entrambi i casi abbiamo ascoltato alcune testimonianze e contribuito al loro sostentamento con offerte acquistando oggetti religiosi di produzione interna.

Questo è ciò che più ho apprezzato in questi giorni di pellegrinaggio. È il vero senso di un luogo di culto. Niente di grandioso o che faccia notizia, solo il costante prendersi cura, custodire il proprio prossimo. Nella Scrittura si dice che Dio creò l'uomo perché egli fosse il custode. Il grande errore di Caino fu evidenziato dalla risposta che diede a Dio: «Sono forse il custode di mio fratello?».

In realtà sì! Siamo proprio i custodi gli uni degli altri. L'importante compito dell'essere umano è proprio quello di capire «come» custodire.

Ho sempre ammirato moltissimo le suore di vita apostolica che si prodigano negli ospedali o nelle missioni. Anche questo mi riporta indietro nel tempo, a ricordi di ragazzina, quando spesso a scuola venivamo resi partecipi di tutto il lavoro missionario che le suore salesiane svolgevano in Africa. Vedere quei video e sentire quelle testimonianze era sempre un'esperienza commovente che risvegliava in me un forte desiderio di emulazione. Volevo anch'io riuscire a far qualcosa di grande e importante per questo mondo, per quei bambini dagli occhi sempre tanto profondi, tristi e sognanti.

Così come ero affascinata dalla figura delle suore infermiere. Donne forti, coraggiose. Volevo esserlo anch'io!

*2 novembre*

I veggenti di Medjugorje, oggi, hanno le loro attività. Vivono in Italia, negli Stati Uniti e, ovviamente, in Bosnia. Ciascuno di loro ha ricevuto messaggi ben precisi dalla Madonna. C'è chi è stato incaricato di avere le apparizioni una volta al mese, chi una volta ogni tanto, chi una volta all'anno, sino a una data ben precisa.

Confesso che questo mi lascia un po' perplessa. Mi fa pensare alla mia idea sulle mamme che hanno due o più figli. Sono sempre stata convinta che anche la migliore di queste madri, naturalmente pur amandoli tutti, si sentirà più legata a uno rispetto agli altri. Questo è ben evidenziato anche da piccoli gesti che si possono osservare in un luogo banale come può essere un ristorante, o una chiesa, per restare in tema. Non credo in chi dice il contrario affermando che i figli sono uguali. In realtà ogni essere è profondamente diverso pur essendo tanto simile agli altri. Varrà anche per la Madonna?

Credo piuttosto che la diversità di manifestazioni dipenda molto dal carattere dei veggenti stessi, come succede per i più grandi mistici riconosciuti dalla Chiesa. Così abbiamo la tormentata notte oscura di san Giovanni della Croce, come anche la solare esperienza di Elisabetta della Trinità!

Abbiamo le visioni continue di sant'Ignazio di Lojola e la secca risposta del suo grande amico san Filippo Neri: «Amico mio, tu vedi la Madonna perché fai troppi digiuni. Se capitasse a me la tratterei in malo modo».

Diversità di caratteri, diversità di culture, a volte di periodi storici e di teologia, fanno sì che, per una legge d'Incarnazione, anche le manifestazioni divine siano diverse tra loro.

Detto ciò, mi dispiace che per taluni, tra lo stesso gruppo di veggenti, la Madonna si manifesti sempre e per altri quasi mai! Il due di ogni mese per esempio è la volta della veggente Mirjana.

Le apparizioni di Mirjana si verificano dove è posta la croce blu. Questa non ha un significato particolare: in uno dei luoghi ove apparve la Madonna si decise di innalzare una statua e un vicino crocefisso in legno; non essendovi altre pitture, ma avendo a disposizione i resti di un barattolo di pittura di colore blu, si utilizzò proprio quello.

Il blu, dall'iconografia più antica, rappresenta il manto della Madonna. Anche un semplice colore può diventare ricco di significato con un po' di sana fantasia!

Nei giorni in cui appare la Madonna gli autobus non possono circolare e quindi la maggior parte degli uomini di Medjugorje da pastori sono diventati tassisti, con lussuose e grandi autovetture.

Una domanda mi sorge spontanea: come mai gli autobus no ma i taxi sì? Dati i miei trascorsi familiari ho sempre tifato e continuo a tifare per i tassisti; si vede che lo fa anche la Madonna!

Una corsa per quattro persone costa cinque euro, la tariffa è fissa e regolamentata. Arriviamo a prendere posizione all'alba. Già alle sette la collina è invasa da fedeli festanti che recitano inni e rosari alla Madonna. Intorno alla croce è disposto un cordone di sicurezza con tanto di addetti. Le operazioni di filtraggio consentono ai malati e agli addetti ai lavori, nonché fotografi e giornalisti, di accedere ai luoghi a loro riservati.

Guardo il tutto un po' divertita e mi accorgo che accanto a me siede un distinto signore, facente parte della nostra comitiva, di nome Sergio. Lo saluto e comincio a parlare con lui.

«Cosa ne pensa di tutta questa gente, Sergio?»

«Che dire? Non riesco a capire se deve apparire la Madonna o un personaggio politico. Il set è uguale.»

«Lo sa che sono sorpresa di vederla con noi? La consideravo distante da queste cose.»

«In effetti lo sono. Sono profondamente ateo, ma ero curioso, volevo rendermi conto personalmente di quanto avviene qui. Sa, conosco alcune persone che si sono convertite dopo essere venuti a Medjugorje e volevo vedere con i miei occhi di cosa si trattasse.»

«Sergio, le devo dire che io non credo nell'ateismo. L'uomo ha bisogno di credere in qualcosa, avere un ideale. Il nome che gli dà può essere diverso, ma sempre fede è.»

«Io credo nella giustizia, nell'amore, nell'aiutare il prossimo, ma non riesco a identificare questo con una religione.»

«Non sono una veggente, ma sono sicura che lei crede negli stessi principi di cui parlerà anche Maria Santissima. Sono le colonne portanti della fede biblica. Sarei molto sorpresa se la Madonna la pensasse diversamente. Ha anche ragione nel dire che non si possono identificare con una religione perché sono terreno di ogni tradizione di fede. Da nord a sud, da oriente a occidente, l'uomo, fondamentalmente, ha solo bisogno di dare e ricevere amore. Lo dice la Bibbia: l'uomo è creato a immagine di Dio, e Dio è amore.»

«Certo che dirlo è un po' diverso dal viverlo ogni giorno.»

«Lo so bene. L'amore è un lavoro, mi diceva la mia insegnante di ebraico. Ogni giorno il lavoro più grande dell'uomo è quello di capire come amare per amarsi.»

Gli oratori ricordano il significato più profondo dei precedenti messaggi della Madonna. In pratica Ella ci invita da sempre a cercare la santità in ognuno di noi, tenendo i giusti comportamenti di amore verso il prossimo. Io già lo faccio da sempre, quindi temo che non abbia nulla da dirmi di nuovo, se non rafforzare i miei sentimenti nei confronti di chi ha bisogno veramente!

Molte delle donne presenti sembra si siano vestite appositamente per l'occasione. Quasi tutte portano un velo o un foulard avvolto al capo. Sembra che il tempo si sia fermato: dove sarà finito il Concilio Vaticano II?

La veggente arriva scortata intorno alle otto e quaranta e prende posizione sotto la croce. I malati vengono avvicinati a lei. I reporter e i fedeli cercano di immortalarla nei modi più disparati. Ognuno tira fuori qualcosa; chi fotografie, chi biglietti manoscritti, chi pietre, chi oggettini vari acquistati nei negozi di souvenir.

Sembra strano ma oggi non ci sono né svenimenti né miracoli improvvisi. Anche se ormai è risaputo che i miracoli e le conversioni non avvengono subito, ma dopo essere stati a Medjugorje.

Poco prima dell'apparizione i diffusori altoparlanti vanno in tilt. Tutto intorno si fa silenzio. Solo i bambini più piccoli continuano a piangere. Forse perché non sono ancora battezzati?

Mi verrebbe da dire che di per sé il tutto è una boiata... ma non so se si può scrivere nel libro! Conto sulla libertà d'espressione della nostra amata Italia!

Il messaggio della Madonna alla veggente Mirjana arriva nel pieno rispetto delle previsioni, alle nove in punto. Una Madonna svizzera!

Lo speaker lo traduce prima in inglese e poi in italiano. Questo il contenuto: «Cari figli, di nuovo voglio parlare di amore, nel nome di mio figlio Gesù. Voglio che la vostra fede sia ferma e amorevole. Vivete nell'amore. Voi siete tutti miei figli e tutti i miei figli hanno conosciuto l'amore di Dio. Pregate di più per me e per voi stessi affinché possiate fare atti d'amore. Questa che vedo è falsa fede. Mio figlio Gesù cerca gesti d'amore vero e benevolenza per gli altri, per i deboli. Vi prego di vivere l'amore perché voglio che mio figlio possa guardare a tutti voi come portatori di amore vero e benevolenza verso gli altri. Non odio e non guerre. Purtroppo nella terra molti miei figli non fanno ciò. Io aspetterò da questa parte tutti coloro che porteranno amore».

Che papa Francesco chieda, appena dopo la sua elezione a pontefice, di pregare per lui è una cosa che capisco molto: dovendo vivere in Vaticano ci vogliono tutte le preghiere possibili; ma che la Madonna chieda di pregare per Lei, questa mi risulta incomprensibile. Secondo me c'è uno sbaglio di traduzione!

Dopo l'apparizione, tutti i sacerdoti si sono riuniti per la benedizione.

Mirjana è una bella donna bionda, con capelli raccolti in una coda. Si è allontanata protetta da una scorta e osannata da un bagno di folla festante. Ma non bisognava osannare la Madonna? Mi pare che Sergio ha detto giusto circa veggenti e uomini di potere. E poi un'altra cosa: a cosa serve la scorta per una veggente?

Sulla via del ritorno ci siamo fermati alla casa di Ivo. Nel 1981 aveva subito l'amputazione di una gamba a seguito di tumore osseo. Poi, recatosi a casa di una delle veggenti, Vicka, aveva ottenuto la guarigione dalla Madonna e la gamba gli era miracolosamente ricresciuta.

Dopo l'evento ha sposato la sorella della veggente.

Come si diceva prima, Dio è amore e loro lo hanno trovato. Ora hanno figli e nipoti.

*3 novembre*

È il giorno della salita al monte Križevac attraverso il sentiero carsico della via crucis. In realtà più che un monte è un sentierino in salita reso difficoltoso dalle pietre, impraticabile per le persone con handicap fisici. Chissà come mai? Forse perché la Madonna ha deciso che questo sia il percorso giusto lungo il quale ciascuno deve scontare i suoi peccati e fare penitenza.

Così io sono sicura di non aver mai peccato perché riesco a salire e scendere agevolmente senza alcun incidente né problema, anche se un po' di insicurezza l'ho avuta.

Non altrettanto si può dire per coloro che sono obesi, claudicanti, vecchi, ipertesi eccetera. Ah, forse ho capito, queste categorie di persone sono quelle che hanno più peccati da scontare!

Sul Križevac non ci sono mai state apparizioni, ma già nel 1933 i devotissimi abitanti di Medjugorje e dintorni decisero di costruirvi una grande croce in segno di devozione. Tutti, anche le donne, si prodigarono per trasportare in cima alla collina impervia il materiale necessario: dal cemento alla sabbia, dal ferro al legno per costruire la gabbia della croce. Una catena umana che nel tempo di un mese permise di completare l'opera.

Non a caso la Madonna, già dalle prime apparizioni del 1981, disse di aver scelto Medjugorje poiché qui aveva riscontrato tanta fede nella popolazione, fede che è sempre stata osteggiata dai regimi comunisti. In effetti per tutti i popoli che per anni hanno vissuto sotto regime la fede è ciò che permette di dare senso all'esistenza. In questo ha molto da insegnare il popolo polacco, per esempio.

Nessun tipo di visione o manifestazione privata costituisce, per la Chiesa, materia di fede. Questo è chiaro sin dall'inizio, quando vennero scelti in modo preciso i testi che formano quello stesso libro, chiamato Vangelo, che ci è stato consegnato all'inizio del viaggio. Sono stati scelti solo quattro racconti evangelici, anche contraddittori tra loro, a ben guardare, ma con il comune denominatore di presentare un Cristo molto essenziale, privato di tutto l'alone folcloristico, miracolistico e un po' «esoterico» di altri racconti che oggi conosciamo come Vangeli apocrifi.

Pertanto ancora oggi il Vaticano è scettico: come anche il vescovo da cui dipende la parrocchia di Medjugorje, non riconosce i miracoli e le apparizioni di questi luoghi.

La Chiesa tiene molto a distinguere i miracoli e le apparizioni, che sono sempre personali, da un cammino di fede che, a volte, può sembrare privo di qualunque riscontro emotivo.

Questo vale anche per le apparizioni dei grandi mistici più antichi. Anche chi viene riconosciuto come «dottore della Chiesa» non lo è in base alle apparizioni avute, ma in base al cammino di fede che propone. La Chiesa, in tutta la sua storia, ha sempre guardato alle apparizioni con un certo sospetto, in effetti.

Le autorità religiose non condannano le manifestazioni di Medjugorje, ma nello stesso tempo non le riconoscono come testimonianze di miracoli. In pratica non sono niente di più che luoghi di culto ove la fede è particolarmente sentita e testimoniata.

Ciononostante molti religiosi continuano di loro iniziativa a organizzare pellegrinaggi in occasione delle apparizioni comandate ai veggenti, in attesa di una definitiva determinazione della Congregazione per la dottrina della fede che studia il fenomeno. Questo è l'aspetto che mi lascia più perplessa.

# Capitolo dodicesimo

Era una bella giornata di metà febbraio, il tempo era stato inclemente fino a quel giorno; ora, invece, l'inverno sembrava aver lasciato il passo al sole della primavera, che scalda il cielo e i cuori con il suo tepore.

Forse il sole e l'azzurro del cielo erano solo un ulteriore riflesso della gioia che emanava dal cuore di chi, come me, dopo tanti anni tornava a incontrare persone care e importanti nella felicità e nel dolore, nella crescita e nell'errore. Era anche un modo per riconciliarmi con me stessa.

Ritornavo nel monastero dove entrai a diciassette anni. Ricordo che non volevo essere annunciata e neanche che le monache si «preparassero» per ricevermi, desideravo che tutto fosse il più spontaneo possibile e la spontaneità più autentica la si scopre solo tramite le sorprese!

Avevo predisposto un incontro con un'altra suora, mia amica, che era comunque anche in buone relazioni con le monache da cui stavamo andando.

Lasciata l'auto al parcheggio e costeggiando le antiche mura, il mio accompagnatore e io giungemmo alla porta dell'istituto delle suore dove avevamo appuntamento con la nostra amica, che ci avrebbe accompagnato alla clausura.

Ci aspettava sulla porta. La figura di una suora un po' anziana ma gioviale mi corse incontro come a suggellare una amicizia di vecchia data. Suor Pasqualina ci fece accomodare in un salottino dell'istituto e io, di nascosto, preparai il mio registratore per raccogliere tutte le informazioni necessarie.

Mi sedetti e chiesi alla suora di raccontare suor Veronica dal suo punto di vista.

Suor Pasqualina prese tempo, fece un bel sorriso e ruppe il silenzio: «In effetti ti conoscevo poco quando eri in monastero».

«Vero! Ci vedevamo solo al mattino, durante la messa e attraverso la grata.» Poi, rivolta verso il mio accompagnatore, quasi a spiegargli il motivo della nostra amicizia, iniziai a raccontare: «Sai, è stato divertente il modo in cui ho ritrovato suor Pasqualina. Ero a Roma ormai da diversi anni e il mio referente spirituale era stato suo docente di psicologia. Un giorno mi chiese se mi ricordassi di suor Pasqualina e ovviamente risposi di sì. Lui mi disse allora che anche lei si ricordava molto bene di me, e che proprio in quei giorni avrebbe dovuto scriverle e gli avrebbe fatto piacere che lo facessi al posto suo, lei ne sarebbe stata di sicuro contenta! Scrissi, quindi, la mail e da allora rimanemmo in contatto!».

In attesa dell'orario adeguato affinché le monache potessero riceverci, visitammo la scuola. Girammo tutto l'istituto, la suora ci fece vedere ogni angolo con grande soddisfazione. Poi ci avviammo al monastero, distante pochi minuti da dove eravamo.

L'entrata del monastero era quasi insignificante. Sembrava la normale porta di una chiesa, anche se all'ingresso c'era un quadro della santa venerata in quel luogo, e poi una catena di ferro che scendeva lungo la parete con accanto una piccola apertura nel muro, dove vi era incastonata una ruota di legno con tre scompartimenti. Dopo aver tirato la catena di ferro per suonare il campanello, si sentiva una voce sottile, quasi irreale che salutava i visitatori con un pronto: «Sia lodato Gesù Cristo!» a cui si doveva rispondere con un altrettanto pronto: «Sempre sia lodato!».

Poiché eravamo in compagnia di suor Pasqualina, la monaca addetta alla portineria aveva pensato che fosse una sua solita visita di piacere. Aveva chiamato la badessa, che scese dopo pochi minuti. Aprì la porta principale e noi ne approfittammo per introdurci, trovandoci direttamente a contatto con la superiora, senza nessuna barriera prevista dalla clausura.

Ero evidentemente emozionata, ma la superiora al primo impatto ebbe qualche difficoltà nel riconoscermi. Erano passati ormai diversi anni dall'ultima volta in cui ci eravamo viste e nessuna si aspettava di potermi rincontrare, dopo la mia uscita dall'ordine.

Quali furono i più profondi pensieri e sentimenti della superiora è difficile immaginarlo.

Nel mio cuore c'era un certo timore all'inizio perché pensavo che non sarei stata ricevuta bene, neppure contando sulla capacità diplomatica. Ora però che mi trovavo finalmente faccia a faccia con la superiora, mi sentivo forte e sicura.

Senza alcun imbarazzo presentai il mio compagno e chiesi di poter incontrare alcune delle consorelle che erano state più «importanti» nella mia vicenda monastica. Sinceramente ero ancora un po' timorosa di una possibile risposta negativa ma, al contrario, la superiora, forse ancora grazie all'effetto sorpresa, si mostrò condiscendente.

Entrammo così nel monastero.

Finalmente arrivò il momento di salutare le monache.

Ci ritrovammo in una stanza grande, tanto sobria da essere quasi completamente spoglia e con un'imponente grata dinanzi alla quale ci sedemmo, attendendo l'incontro con le suore.

A un certo punto si aprì rumorosamente la porta oltre la grata ed entrò una monaca anziana, che salutò dicendo: «Ma guarda un po'! Quanto tempo è passato!».

Sorrisi tra l'ironico e il nervoso rispondendo: «Molto tempo, in effetti. Mi sono trasferita a Roma nel 2000 e ho lasciato l'ordine nel 2013, quindi sono davvero diversi anni che non ci si vede!».

La monaca che avevamo davanti era stata la mia superiora per quasi cinque anni, tutto il tempo della mia permanenza lì. Il nostro rapporto non era stato facile: muri d'incomprensioni ci dividevano, ma in fondo eravamo lì proprio per questo!

Volevo riappacificarmi con il mio passato. Da tempo sognavo di rivedere quegli occhi senza sentirmi più in imbarazzo, giudicata o condannata; guardarli da donna a donna, senza nessun ruolo che inquinasse lo sguardo.

Salutai, così, ansie e paure accumulate in cuore.

Una dietro l'altra entrarono le monache a cui mi sentivo più legata. La prima, la più giovane, aveva condiviso con me bellissimi momenti di gioco e di crescita, insieme a situazioni assolutamente spiacevoli, tra cui il doverci separare. Mi salutò con un urlo di gioia a cui risposi prontamente. Poi arrivò la persona che davvero desideravo rivedere, colei che mi aveva seguito nei primi passi della formazione, suor Giovanna. *Dulcis in fundo*, entrò l'attuale madre badessa che già ci aveva accolti all'arrivo.

Cominciai a scherzare con la giovane monaca e la mia ex formatrice. Mi sembrava un sogno, ma le prime domande mi riportarono alla realtà.

«Sei serena?»

Era un modo cortese di sapere come potevo condurre la mia vita dopo una scelta tanto grave come quella di lasciare il monastero.

La seconda domanda fu: «Come stanno i tuoi genitori?». Rimasi piacevolmente sorpresa che si interessassero a questo, in effetti.

La monaca più giovane, Letizia, non nascose la sua sorpresa dicendo: «Quando la madre, prima, è venuta a dirmi che c'era Sofia in parlatorio, non riuscivo bene a capire di chi stesse parlando. Dopo così tanto tempo, che bella sorpresa!».

«In effetti era da tanto che volevo venire a salutarvi, mi mancava l'occasione, ma ora ne ho approfittato, anche perché mi piacerebbe che raccontaste al mio compagno di viaggio chi era suor Veronica dal vostro punto di vista, dato che lui la conosce solo dal mio.»

A questo punto si creò un certo senso d'imbarazzo generale al di là della grata, che la badessa cercò di smascherare con la battuta: «Semplicemente un vero disastro!» seguita da una di quelle fragorose risate che sempre l'hanno contraddistinta.

La mia prima badessa ci salutò dicendo che doveva andare perché si faceva tardi e fu prontamente seguita da Letizia, che cercai invano di trattenere.

La scusa più delicata che tutte trovavano sembrava quella di dover andare ad assistere le anziane prima di ritornare in coro per la preghiera. Ma la superiora sembrò avere un lampo d'intuito e chiese: «Tu vorresti parlare un po' da sola con suor Giovanna?».

«Veramente sì!»

«Avevo capito. Allora vi saluto. È stato un piacere vedervi!»

Quando la superiora richiuse la porta dietro sé, suor Giovanna prese a dire: «Sei tremenda come sempre!».

«Dai! Per una volta che ci rivediamo dopo tanto tempo non

vuoi neppure fermarti un attimo a parlare e raccontare chi ero quando stavo in monastero... almeno questo! Comunque spero che la mia richiesta non ti procuri dei problemi.»

Ecco un altro degli aspetti che più pativo nella vita claustrale. Il parlare con una monaca, il bisogno di confidarsi o confrontarsi erano scoraggiati, tanto che si poteva anche essere puniti dalla superiora.

«Sai che non è cambiato molto da quando sei andata via; chi comanda sono sempre le stesse e loro dettano le leggi, quindi qualche problema c'è ancora. Tra poco suona la campana per la preghiera e io ho davvero poco tempo per fermarmi.»

«Tra poco quanto?»

«Alle cinque e mezza!»

«Be', allora abbiamo tre quarti d'ora! Dai, ormai che siamo soli, siediti e parliamo un po', con calma. Racconta i tuoi ricordi sulla ex suor Veronica!»

La monaca mi guardò negli occhi ed esordì dicendomi: «Sì, posso fidarmi!». Così cominciò a raccontare al mio compagno di viaggio: «Vedi, lei e io eravamo molto unite, molto in sintonia, e questo è un elemento fondamentale quando si deve instaurare un rapporto di formazione. Poi ho cambiato atteggiamento nei suoi confronti, ho dovuto farlo perché le circostanze lo imponevano, per quanto mi sia dispiaciuto. Posso solo dire, con un po' di rimpianto, che suor Veronica è stata uno sbaglio e tu, Sofia, hai aspettato anche troppo tempo prima di uscire dall'ordine. Quando ho appreso la notizia ne sono stata molto contenta e mi son detta che era una decisione che avresti dovuto prendere molto prima. Potevi sprecare meno tempo prezioso».

«Perché dici "sprecare"? In realtà io non considero gli anni trascorsi in monastero come una perdita di tempo, anzi! È un percorso che dovevo fare. Oltre ai problemi che ho avuto, ho conosciuto persone fantastiche e ho imparato cose che mi hanno aperto la mente, di cui sono contenta e che cerco di trasferire oggi nella mia vita, nel migliore dei modi!»

«È bello che tu dica questo, ma adesso devi cercare davvero di partire con il piede giusto. Non sei più giovanissima e non puoi continuare senza un progetto e una meta precisa per la tua vita. Mi sembra che la persona che ti accompagna possa aiutarti.» Rivolgendosi a lui si raccomandò: «Diglielo sempre di partire con il piede giusto».

Intervenni sarcastica per tagliare il discorso che cominciava a stancarmi: «Per fortuna ho solo due piedi, meno possibilità di sbagliare. Se poi si considera che il passo sbagliato l'ho già fatto una volta, sono a cavallo!».

La mia ex formatrice proseguì: «Comunque noi monache abbiamo sbagliato e suor Veronica ha scontato innanzitutto gli sbagli della sua famiglia, come capita a quasi tutti i giovani di oggi. Così vengono a bussare ai monasteri e noi li accettiamo con troppa facilità; così pagano anche i nostri sbagli di discernimento. Per questo, mia cara, insisto nel dirti di andare avanti con oculatezza, senza sciupare altri anni preziosi. Ora sei una donna, hai un bagaglio umano e culturale che prima non avevi, fanne tesoro! Cerca di porti un obiettivo e perseguilo nel modo migliore. Sai, anch'io quando guardo la mia vita vedo tutti i miei sbagli, le sofferenze, le decisioni sbagliate, ma ormai è tardi per me. Forse è stato giusto così, ma tu puoi ancora migliorare».

«Perché dici che sono sbagli? Sono state comunque esperienze.»

«Magari con il senno di poi. La mia vita è stata quasi una continua sofferenza, ma per me va bene così; era scritto così, questo doveva essere il mio destino. Ma per te deve andare diversamente. Usa ciò che hai vissuto, quello che hai imparato, per migliorarti; fallo adesso che puoi, perché dopo sarà troppo tardi. Se mi guardo intorno, se osservo le monache che sono qui, mi rendo conto di quanto siamo tutte invecchiate, nel corpo e nella mente. Se tu le potessi vedere, tante, forse, non le riconosceresti più. Quando seguivo le tue notizie speravo che tu arrivassi alla decisione che hai finalmente preso!»

«Come avevi mie notizie, dato che non ti ho mai scritto?»

«Be', sai, le notizie comunque arrivano e poi c'è il bollettino della Federazione. Ma perché non sei uscita prima, mi chiedo!»

«Giovanna, sono uscita quando era il momento opportuno. Quando ho toccato davvero con mano che era inutile restare e quando ho avuto forza e maturità adeguate per farlo. Sai, tante persone che tu stimavi, e che hai insegnato anche a me a stimare, sono molto diverse da come pensi. E quando lo scopri, dopo esserti magari anche affidata totalmente a loro, tutto diventa più difficile e ti trovi, infine, davanti a un unico bivio. Sono uscita quando, davanti a me, la strada era ormai chiara e le posizioni troppo ben definite per poterle fraintendere ancora oltre. Ma ho vissuto tutto questo con piacere; sono profondamente convinta che fosse ciò che dovevo fare, anche per essere oggi qui come sono.»

Intanto le lancette avevano continuato il loro percorso e l'ora del congedo era arrivato. Le campane della chiesa cominciarono a suonare per sancire anche la fine di quell'incontro, tanto atteso seppur breve. Come condensare in modo adeguato quegli anni intensi in pochi minuti?

In fondo, avrei sperato in un incontro diverso. Non tanto una materna ammonizione, seppur venuta dal cuore e credendo di fare il bene dell'interlocutrice, ma un ricordo delle esperienze dei tanti anni trascorsi in quel monastero. Ma andava comunque bene così; anche da una serie di consigli per il futuro si poteva ben capire la mentalità che tiene in vita questi monasteri di stretta clausura.

Dopo aver salutato suor Giovanna, visitammo la chiesa. Era illuminata da luci molto soffuse che invitavano a un clima di raccoglimento. Al centro una grata aperta dava la possibilità ai fedeli di sostare in adorazione del Santissimo.

Mentre noi ci preparavamo a lasciare definitivamente il monastero, le monache, richiamate ancora dai rintocchi di campana, arrivavano a una a una per la preghiera della sera.

# Capitolo tredicesimo

Uscire dal monastero era stata una mia scelta, così come quella di entrarvi. Una scelta consapevole e determinata. Ma ora, quale poteva essere la mia vita?

I primi giorni mi sentivo un po' confusa. Niente orari da rispettare, niente mansioni da portare a termine, niente di niente.

Mi trovai davvero a fare i conti con il niente. Come potevo riempirlo?

Che senso avrei dato alla mia vita?

Che indirizzo avrei preso?

Mi sembrava che si fosse sgretolato un puzzle che avevo impiegato vent'anni a costruire, tassello dopo tassello. E ora il nulla, o meglio, un sacco di altri tasselli confusi e da riordinare. Tutto ricominciava, dovevo nuovamente capire quale fosse il disegno di base e riedificare i miei progetti, piano piano. Questa volta, però, ero un pochino più confusa.

Un giorno, mentre camminavo per le viuzze tipiche che caratterizzano le città marinare della Liguria, mi capitò di vedere una locandina pubblicitaria davvero attraente. Coloratissima, sfondo giallo e una scritta rossa in primo piano: *Naturopatia.*

Lessi, con grande interesse, l'invito all'iscrizione scolastica presso la scuola Emergere di Chiavari.

Il programma che presentava mi affascinò e decisi di contattare personalmente la preside dell'istituto. Telefonai e, la settimana seguente, mi trovai in uno studio molto raffinato sul lungomare di Chiavari, davanti a quella che sentivo essere la mia prospettiva per il futuro. Una scuola integrata di naturopatia dove si preparavano professionisti chiamati a prendersi cura del benessere proprio e altrui.

Era la mia strada e cominciai a percorrerla con entusiasmo, scoprendo una dimensione che spesso intravedevo ma senza riuscire ad accostare: il corpo diventa tramite per contattare il divino.

Ad alcuni sembra strana la mia scelta di naturopata, solo perché hanno troppi preconcetti circa il mondo dei trattamenti corporei e olistici.

Già in monastero vedevo bene la necessità di rivalutare il corpo quale involucro del divino che abita ognuno di noi, e conseguentemente ogni massaggio, ogni trattamento di naturopatia lavora per contattare il divino di chi lo sta ricevendo.

La vita mi aveva cullata sino ad allora ed ero convinta che avrebbe continuato a farlo. Avrei sicuramente incontrato persone giuste al momento giusto. Persone importanti, capaci di segnare un cammino. Questo mi dava fiducia che anche su questo nuovo sentiero avrei incontrato tutto e tutti quelli che potevano aiutarmi a crescere.

Così è stato.

Da sempre mi sono interrogata sul sentimento dell'amore.

Da sempre l'ho ricercato, l'ho desiderato e l'ho sofferto.

Mi chiedevo, con occhi da bambina e da ragazzina solo apparentemente cresciuta, che cosa fosse davvero, perché facesse tanto male, così come tanto bene.

Entrai in monastero per un'ambivalente bisogno: sfuggire l'amore e cercarlo. Poiché Dio è l'Amore con la A maiuscola, pensavo di dover rinnegare tutti gli altri tipi di amore, anzi, ero arrivata a credere che non fossero amore, ma solo basse manifestazioni di bisogni umani mal gestiti.

Un giorno, studiando la Bibbia, cominciai a essere tormentata da un versetto di san Paolo: «L'amore non fa nessun male al prossimo. Pieno compimento della Legge è l'amore».

Secondo la mia esperienza di ragazza che guardava l'amore dall'esterno e di monaca inquadrata, suo malgrado, dentro i confini di una disciplina eccessiva, era diverso: poteva far male l'amore tra due persone, poteva essere frainteso, condannato, poteva ferire, rovinare. Allora qual è l'amore che non fa male? Forse, l'amore di cui parla anche sant'Agostino dicendo: «Ama! E fa ciò che vuoi!».

Certo, è limitante pensare all'amore solo come ciò che unisce due persone, ciò che le fa riconoscere coppia, ciò che le fa decidere di dedicarsi la vita vicendevolmente. L'amore è molto di più, è la vita stessa, il risveglio ogni mattina e le stelle ogni notte, un medico che spende la sua esistenza per i suoi pazienti, ogni persona che vive fino in fondo il senso della sua esistenza.

Ora so che il bisogno di dominare gli altri ci fa star male, eppure sembra essere una droga, per cui usiamo anche l'amore pur di riuscirci. Lo strumentalizziamo: tutti siamo innamorati di qualcuno eppure non conosciamo l'amore. Un po' come succede con Dio: tutti lo nominiamo, a volte anche bestemmiamo, tutti sappiamo che esiste, magari lo rifiutiamo, ma non Lo conosciamo.

In ogni nostro «ti amo!» sembra esserci nascosta una imposizione: dammi qualcosa in cambio!

Se proviamo a dire all'altro: «Ti amo! senza condizioni...» fa un po' male!

Siamo stati abituati a usare l'amore come un'arma forse fin da piccoli, da quando i nostri genitori, per amore, c'insegnano a ottenere, attraverso piccoli ricatti affettivi, ciò che chiediamo, fosse anche una semplice carezza. Questa modalità di relazionarci, imparata nei teneri anni, cresce con noi fino a pensare che un cuore possa prevalere sull'altro, una vita sull'altra.

E ora mi ritrovo a essere una donna che, come raccomandava santa Chiara, si mette davanti allo specchio: negli scritti della santa lo Specchio è Cristo, quindi Amore. Lei raccomandava sempre alle sue monache di specchiarsi in questo Amore per riuscire a vivere e capire, per riuscire ad amare. Che strano! Ora, non più monaca, mi ritrovo a capire il senso delle parole di colei che, attraverso la sua regola, è stata mia guida spirituale per tanti anni della vita.

Ti accorgi, poi, che l'amore non è uno specchio esterno a te, come dice la Scrittura. Non è al di là del mare perché tu possa chiederti: chi attraverserà il mare per prenderlo?

Non è così in alto per poter pensare: chi salirà fin lassù per prenderlo? L'amore è nella bocca, nel cuore, nel sangue, nell'anima…

L'amore siamo noi e nessuno se ne accorge, nessuno pensa a specchiarsi.

Un tempo avevo solo sentito parlare dell'amore e, da giovane inquieta, davanti allo specchio della mia stanza, ripromisi a me stessa che mai sarei caduta nella debolezza d'innamorarmi di qualcuno.

Adesso l'amore ha prevalso e mi ritrovo come il profeta Geremia che «accusa» Dio di averlo sedotto proprio come farebbe un'amante per poi fargli fare tutto ciò che lui non avrebbe mai voluto.

L'amore è più forte della nostra volontà di dominarlo o di renderlo a nostra piccola immagine perché la realtà è il contrario: ognuno di noi, per quanto piccolo, forma l'amore!

SÀTURA

collana di romanzi fuori dagli schemi

*La maschera sotto la neve* – Marco Casula
*Storie di Pocapena* – Danilo Laccetti
*UnHappy Hour* – Andrea Indini
*Semana* – Sebastián Martínez Daniell
*Con gli occhi di Sara* – Maria Patrizia Salatiello
*Ti volevo dire…* – Autori vari
*Malik* – Mabrouck Rachedi
*Ebreo* – D. O. Dodd
*Mi si è fermato il cuore* – Chamed
*La notte dell'anima* – Andrea Indini
*Il compito di Clara* – Alessandro Faino
*Il Grande Gioco* – Leticia Sánchez Ruiz
*Una strega moderna* – Debora Geary
*La gabbia* – Davide Cavazza
*Le catene dell'anima* – Cecilia Sorrento
*Rosaspina* – Jane Yolen
*Precipitazioni isolate* – Sebastián Martínez Daniell
*La foresta liquida* – Riccardo Abati
*Una strega nascosta* – Debora Geary
*Alea* – Rolando Zucchini
*La follia del palio* – Michele Masotti
*Wolves* – Veronica Niccolai
*Vite tagliate* – Alvaro Collini
*La vita è molto più* – Marco Righetti
*Shoah in bianco e nero* – Riccardo Abati
*Wildflower Hill* – Kimberley Freeman

*La demolizione di Auschwitz* – Pierfrancesco Prosperi
*Una strega spericolata* – Debora Geary
*Stephan & Ewa* – Alessandro Ziliotto
*Il Circolo della Notte* – Davide Zanfini
*Scrivimi d'amore* – Alina Rizzi
*God hates us all* – Hank Moody
*The Elephant Girl* – Henriette Gyland
*Il mestiere di Rina* – Rolando Zucchini
*Il Mondo di Sopra* – Roberto Magini
*Vite d'albergo* – Massimo Galli
*Avrà l'odore delle cose nuove* – Francesco Vecchi
*Sognando Paolo Rossi* – Maurizio Malavasi
*Sotto le mura di Siena* – Michele Masotti
*Il giorno migliore per investire un uomo* – Simone Schettino
*Il mio Sudoku* – Andrea Cattania
*I libri dell'anima* – Leticia Sánchez Ruiz
*Wolves - La stirpe dei Lupi* – Veronica Niccolai
*Diciannove novantuno* – Davide Cavazza
*Angelo* – Marco Vannucci
*Extasia* – Silvio Donà
*Nascita di un detective* – Juan Soto Ivars
*L'altra notte a mezzanotte* – Laura Corsi
*Pelle d'oca* – Domenico Luigi Pistilli
*Il cielo per tetto la strada per letto* – Giorgio Bianchi
*Ho bisogno di un miracolo* – Pietro Speranza
*Fidanzata psicopatica* – Selene Maggistro
*I segreti di Lighthouse Bay* – Kimberley Freeman
*La tragedia di Fidel* – João Cerqueira
*La scuola nel cuore* – Riccardo Abati
*Segreti inconfessabili* – Susan Elliot Wright
*I cieli di Tabula* – Chiara Andreazza, Valentina Furnò
*Così vicini* – Arianna Cesana
*Napalm!* – Luca Fassi

*Sem* – Gianluigi Gasparri
*Condannati a morte* – Paola Di Nino
*Sotto un cielo di carta* – Roberto Ritondale
*Bastardo dentro* – Angela Civera
*La collana di liquirizia* – Ione Vernazza
*E nel cielo brillano le stelle* – Pietro Moros
*Plastic shop* – Andrea Campucci
*Sangue ancestrale* – Andrea Oliva
*Come saltano i pesci* – Simone Riccioni, Jonathan Arpetti
*La caduta di Villa Mameli* – Fabrizio Thellung de Courtelary
*Un'ultima lacrima* – Domenico Luigi Pistilli
*Amami ancora* – Pietro Speranza
*Le Sette Note del Contrappasso* – Matteo Bordiga
*Un desiderio nel cuore* – Adalgisa Licastro
*Un amore appeso a un filo* – Aurora Auteri
*The Secret Fire* – C.J. Daugherty, Carina Rozenfeld
*Il bambino segreto* – Gheri Scarpellini
*Una voce dal passato* – Giuseppe De Renzi
*Il Sig. A. Retta e altri* – Matteo Fedele
*Un amore da favola* – Holly Martin
*Sono solo cani* – Angela Civera
*Io diverso da me - Racconti sulla tua strada* – Paolo Paolacci
*Come una nuvola* – Mariagrazia Pia
*Vincere la vita* – Delfina Ducci
*Il sole tra le mani* – Roberto Ritondale
*La bambina adottata* – Daniela Biancotto
*Una magica avventura* – Claudio Petrucciani
*I segreti di Ember Island* – Kimberley Freeman
*Le clessidre di Tabula* – Chiara Andreazza – Valentina Furnò
*The Dream Police* – Alessandro Giudice
*Il Libro Nero* – Marco Bacocchi
*Il Grande Rudi* – Francesco Vecchi
*The Secret City* – C. J. Daugherty, Carina Rozenfeld

*Qualunque cosa sia, tu chiamala per nome* – Roberta Sasso
*Amore nella rete* – Marco Vannucci
*Una Spa per la mente* – Rona Persichetti
*La locanda del Cigno* – Dilly Court
*Il sigillo degli Acquaviva* – Ornella Albanese
*Al di là delle stelle* – Luca Fassi
*Devi andare via!* – Daniela Vancheri
*Il mio sbaglio più bello* – Catherine Bennetto
*Una vita per due* – Pietro Speranza
*Al di là delle stelle* – Luca Fassi
*La mia ultima notte a Sharm* – Marinella Boccadamo
*Il tesoro di Siena* – Michele Masotti
*Un nuovo inizio* – Salvatore Fiorellino
*Bello da morire* – Caterina Kelli
*Amore proibito* – Stefania Laurora
*Viola* – Silvio Sampò

# I LEONCINI

la collezione del Leone

*La milonga dei maroni cotti* – Francesco Olivieri
*Una burla riuscita* – Italo Svevo
*Trittico della Mala Creanza* – Danilo Laccetti
*Dodici racconti spicci* – Roberta Sasso
*Nottesenzafine* – Maurizio Malavasi
*La vendetta si serve due volte* – Simone Giugno
*Baraonda!* – Vincenzo Di Pietro
*Possedere ogni cosa* – Luca Benzo
*Chi ha paura dei numeri?* – Andrea Cattania
*Storia di Aronne* – Pietro Brambati
*Assoluto incontro* – Lauro Zanchi
*La ragazza del faro* – Dario Giardi
*La correttrice* – Natale Mirafiori
*Il viaggio di Sam* – Angelo Migliaccio
*La ricerca infinita* – Giuseppe Contini

Finito di stampare
nel mese di luglio 2017
per conto di Leone Editore dalla
GESP srl - Città di Castello (PG)
*Printed in Italy*